Dino

In der Buchreihe „Pferde – Freunde fürs Leben“
sind bisher erschienen:

Band 1: Sternentänzer – Das Rätsel um den weißen Hengst
Band 2: Sternentänzer – Das geheimnisvolle Mädchen
Band 3: Sternentänzer – Weißer Hengst in Gefahr
Band 4: Sternentänzer – Caro unter Verdacht
Band 5: Sternentänzer – Rettung für Lindenhain
Band 6: Sternentänzer – Bedrohung für den weißen Hengst
Band 7: Sternentänzer – Letzter Auftritt des weißen Hengstes?

Pferde
Freunde fürs Leben

Sternentänzer

Letzter Auftritt des weißen Hengstes?

Lisa Capelli

Band 7

Dino

Die Deutsche Bibliothek – CIP-Einheitsaufnahme
Ein Titeldatensatz für diese Publikation ist bei der Deutschen Bibliothek erhältlich.

*Dieses Buch wurde auf chlorfreiem,
umweltfreundlich hergestelltem
Papier gedruckt.*

Sternentänzer, Band 7 – Letzter Auftritt des weißen Hengstes?

Dino ist ein Imprint der Panini Verlags GmbH.

Chefredaktion: Claudia Weber
Redaktion: Sonja Wittlinger
Lektorat: Helga Kronthaler
Umschlag: TAB Werbung, Stuttgart
Fotos: Sorrel; Mauritius
Satz: CB Fotosatz & Werbeproduktion, Leinfelden-Echterdingen
Druck: Panini S. p. A. Modena, Italien
ISBN: 3-8332-1194-6

www.panini.de

Letzter Auftritt des weißen Hengstes?

In einer stürmischen Vollmondnacht schlägt ein Blitz in eine jahrhundertealte Eiche ein und eine Sternschnuppe fällt vom Himmel. Im gleichen Moment wird ein wunderschöner Schimmel mit einem kleinen schwarzen Stern auf der Stirn geboren.

Trügerische Ruhe

Es war ein glühend heißer Hochsommertag. Die Sonne brannte vom tiefblauen, wolkenlosen Himmel, die Luft flirrte. Die Pferde auf der Koppel drängten sich in dem schmalen Schattenstreifen unter den hohen Linden. Es war so heiß, dass der Asphalt auf der Hofeinfahrt zu schmelzen schien. Carolin, genannt Caro, hockte neben ihrer allerbesten Freundin Lina Schniggenfittich auf ihrem Lieblingsplatz – auf dem Gatter an der Weide. Die beiden Mädchen reckten ihre Gesichter fröhlich den Sonnenstrahlen entgegen.

Carolin konnte es gar nicht heiß genug sein. Sie liebte den Sommer. Alle waren besser drauf, munterer und unbeschwerter, die Auswahl an Eissorten war viel größer, abends war es länger und morgens früher hell. Sie liebte die langen, hellen Sommerabende, wenn sie mit Sternentänzer, ihrem wunderschönen weißen Araberhengst, noch spät abends ausreiten konnte. Doch am meisten liebte Caro ihr Lindenhain. Zu jeder Jahreszeit. Der Reiterhof erhob sich auf einem sanften, grünen Hügel zwischen großen, knorrigen, alten Linden. Er bestand aus einem langen, hellgelben Stall mit blauen Türen und einem Auslauf davor, einem Reitplatz, einem großen Paddock mit blauem Holzzaun, der Reithalle und dem Haupthaus. Seit kurzem gehörte auch ein hübsches, zweistöckiges Ferienhaus mit blumengeschmückten Balkonen und einer Holzterrasse dazu.

„Na Caro, Lina, alles im grünen Bereich?"

Carolin fuhr herum. „Nick."

„Ungewohnt friedlich in letzter Zeit." Nick, Lindenhains Mann für alles, zog eine Packung Kaugummis aus der Tasche seines blauen Overalls und hielt sie ihnen hin.

Lina schüttelte den Kopf, Carolin nahm einen. „Zum Glück!" Der bittersüße Geschmack von Limonen breitete sich in ihrem Mund aus.

Nick schob sich ebenfalls einen Kaugummi in den Mund. „War schon ganz schön heftig."

„Schrecklich nervig", nickte Carolin. „Überall waren Gesichter, die du noch nie zuvor gesehen hattest. Und dann noch dieser fiese Rüdiger."

Lina schüttelte sich. „Du meinst diesen widerwärtigen Reporter, der überall rumgeschnüffelt hat und beinahe Sternentänzers Geheimnis gelüftet hätte?"

Carolins Pferd, Sternentänzer, war nämlich nicht nur wunderschön, sondern ihn umgab auch ein Geheimnis. Er verfügte über eine ganz besondere Gabe, von der nur ganz wenige wussten. Nur demjenigen, dem Sternentänzer sein Vertrauen schenkte, konnte es gelingen, dieses Geheimnis herauszufinden und seine magischen Kräfte zu nutzen.

Carolin formte eine riesige zartgelbe Blase mit ihrem Kaugummi und ließ sie geräuschvoll zerplatzen. „Ein echter Albtraum! Wenn ich nur dran denke, wie er Sternentänzer und mich auf Schritt und Tritt verfolgt hat." Trotz der Hitze bekam sie eine leichte Gänsehaut, wenn sie sich nur Rüdigers feistes Gesicht mit den kleinen Fischaugen vorstellte.

Nick stemmte sich gegen das Holzgatter. „Vorbei und vergessen, Caro! Mit den paar Feriengästen, die nun noch auf den Hof kommen, lässt es sich doch ganz gut aushalten."

„Stimmt. Das vorher war viel zu viel Rummel."

Carolin hatte als Distanzreiterin Turniere geritten und so war Lindenhain eine Zeit lang in aller Munde gewesen. Die Zeitungen lobten sie als Nachwuchstalent und Lindenhain als Talentschmiede. Massen von Leuten waren daraufhin nach Lindenhain geströmt.

„Bereust du's inzwischen manchmal, dass du mit dem Turnierreiten aufgehört hast?", wollte Nick wissen.

„Oh nein! Nicht eine Sekunde", antwortete Carolin. Ihre braunen Augen blitzten. „Die Erfahrung war toll, aber am Ende hat mich der ganze Zirkus echt nur noch voll genervt. Das ist nichts für mich. Es ist so herrlich, jetzt auf Sternentänzer endlich wieder ganz normal ausreiten zu können, ohne Stoppuhr und den ganzen Krempel. Du glaubst gar nicht, wie ich das genieße."

„Kann ich mir gut vorstellen, du Ex-Nachwuchsstar von Lindenhain."

Carolin schnitt eine Grimasse. „Haha! Sehr witzig! Und du?! Hast uns hier hängen lassen und bist auf diesen superschicken Reiterhof." Ausgerechnet, als auf Lindenhain alles drunter und drüber gegangen war, hatte Nick für ein paar Wochen zum Reiterhof Espenlaub gewechselt. Carolin war so froh, dass er wieder da war. Sie mochte Nick wie einen großen Bruder. Mit ihm konnte man buchstäblich Pferde stehlen.

Nick ließ eine Blase platzen. „Ja, das was ein Fehler. Das war nicht meine Welt!"

„Hallo, ihr drei! Was wird denn das? Sieht nach einer Verschwörung aus!" Gunnar Hilmer kam angestiefelt. Er war der Besitzer von Lindenhain und trug wie immer Cowboyhut und Cowboystiefel.

Carolin winkte ihm zu. „Hi Gunnar. Wir haben uns nur gerade darüber gefreut, dass es auf Lindenhain wieder so friedlich ist wie früher."

Gunnar sagte nichts, er grinste nur. Mit seiner Hand griff er in eine seiner Hemdtaschen, zog sie aber gleich wieder heraus. „Diesen blöden Suchreflex muss ich mir noch abtrainieren", brummte er. Er war gerade dabei, sich das Rauchen abzugewöhnen. Eigentlich rauchte Gunnar nur, wenn er viel Stress hatte. In der letzten Zeit hatte er aus diesem Grund gepafft wie ein Schlot in einem Industriegebiet. Doch der Stress war vorbei und somit auch die Zeit der Glimmstängel.

Carolin seufzte. „Ich bin echt megafroh, dass der ganze Trubel vorbei ist."

„Seid euch da nur mal nicht so sicher, Leute", verkündete Gunnar und schmunzelte dabei recht merkwürdig.

„Was willst du damit sagen?", hakte Carolin sofort beunruhigt nach.

„Ach nichts, gar nichts", meinte Gunnar und schaute unschuldig drein.

Nick legte die Hand auf Carolins Oberschenkel. „Gunnar will uns doch nur veräppeln, Caro, keine Sorge. Kennst ihn doch! Er ist ein kleiner Spaßvogel."

„Glaub ich auch", stimmte Lina zu.

„Ein bisschen Spaß muss sein", trällerte Gunnar vergnügt vor sich hin und verschwand wieder in Richtung Haupthaus.

Nick klopfte auf Carolins Bein, wie bei einem Pferd, das man beruhigen muss. „Siehst du, alles paletti!"

„Na hoffentlich hast du Recht", entgegnete Carolin, aber ganz tief drinnen blieb ein kleiner Hauch von Zweifel.

„So eine Affenhitze!", stöhnte Nick und wedelte sich mit einer Hand Luft zu. Dann deutete er auf den Hof, wo gerade ein gelber Flitzer einrollte. „Sieh an! Wir bekommen Besuch. Hoffentlich nicht dienstlich."

Der Flitzer gehörte Dr. Joachim Sander, dem neuen Tierarzt von Lindenhain. Der Wagen hielt an und zwei Personen stiegen aus.

Carolin knuffte Lina in die Seite. „He, Thorben ist auch dabei."

Thorben war der Sohn von Dr. Sander. Ein hübscher Junge, der so alt wie Caro und Lina war. Und den Lina eigentlich ganz süß fand.

Doch Lina reagierte nicht. Sie wandte sich nicht einmal um. Sie starrte so konzentriert auf die Weide, als würde sie den Start eines Raumschiffes zum Mars beobachten.

„Komm, Lina, wir begrüßen Thorben“, schlug Carolin spontan vor.

Lina blieb weiter reglos wie eine Salzsäule.

Carolin zupfte an ihrer Bluse. „Na komm schon!“

Doch Lina riss sich unwirsch los und hüpfte wortlos vom Gatter. Dann murmelte sie nur kurz: „Ich muss heim“, und lief querfeldein davon. Lina hatte lange, dunkle, wallende Haare und trug immer mehrere Röcke übereinander. Auch sonst war sie sehr ungewöhnlich. Ihre Eltern verkauften Kräuterbonbons, Tees und Säfte auf Jahrmärkten und Lina lebte mit ihrer Großmutter in einem Wohnwagen auf einer Wiese bei Lilienthal.

Carolin sah ihr kopfschüttelnd hinterher. „Was ist denn mit Lina los? Warum rast sie plötzlich wie ein aufgescheuchtes Huhn durch die Gegend?“

„Sonnenstich?“, vermutete Nick grinsend.

„Es ist ja auch echt zu heiß!“ Carolin stöhnte und fuhr sich durch ihre kurzen kastanienbraunen Haare. „Eine kleine Erfrischung wäre wirklich nicht schlecht.“

„Was hältst du davon, wenn wir ’ne Runde ausreiten, Caro? Nur wir beide. Wie in guten alten Zeiten“, schlug Nick vor.

Carolin hüpfte begeistert vom Gatter herunter „Au ja! Super!“

Wenig später trabten sie gemütlich über die weite, saftig grüne Wiese hinter Lindenhain. Nick auf Marhaba, einem braven Braunen voran, Carolin auf Sternentänzer hinterher. Die Mähnen der beiden Pferde flatterten im leichten, lauen Sommerwind. Als der Wald begann, verlangsamten sie zum Schritt. Sternentänzer schnaubte zufrieden.

„Warte!" Nick stoppte auf einmal und legte den Finger auf den Mund. „Schscht! Leise!" Zwei Rehe sprangen über den Weg. Als die Tiere im Gehölz verschwunden waren, ritten Carolin und Nick weiter. Nach einer Weile gelangten sie an den kleinen Bach. Sternentänzer kam gern hierher. Hier war es angenehm schattig. Der Hengst trank Wasser, dann durchquerte er mit gespitzten Ohren den Bach, Marhaba folgte ihm.

Nick stöhnte: „So eine Hitze, ich hätte jetzt Lust auf ein schönes Bad, was meinst du?"

„Ich auch!", pflichtete ihm Carolin bei, ohne auch nur im Geringsten zu ahnen, was Nick vorhatte.

Er trieb Marhaba an, Sternentänzer trabte hinterher. Nick ritt einen Weg entlang, den Carolin nicht kannte. Auf einmal verlangsamte er sein Tempo und wartete, bis Carolin auf gleicher Höhe war. Sie sah sich um, nun wusste sie, wo sie waren. Am See. Die Wasseroberfläche leuchtete dunkelblau, ein paar Seerosenblätter schwammen darauf, Libellen schwirrten wild durch die Luft.

Nick deutete mit dem Kopf zum Wasser. „Wir wollten schwimmen gehen, du bist doch dabei, oder?"

„Aber ..."

„Keine Widerrede." Schon führte Nick Marhaba vorsichtig ins Wasser. Carolin zögerte.

Nick, ich kann doch gar nicht richtig schwimmen!, wollte sie ihm noch nachrufen, doch da setzte sich

Sternentänzer auch schon in Bewegung und folgte Marhaba. Mit Lina hatte Carolin letzten Sommer ein paar Schwimmversuche gestartet. Oder vielmehr ein paar Über-Wasser-Halte-Versuche. Es ging so einigermaßen, aber Schwimmen konnte man das sicher nicht nennen, was sie im Wasser veranstaltete. Ganz behutsam tastete sich Sternentänzer weiter in den See. *Wenigstens sind wir ohne Sattel unterwegs!* Carolin saß wie festgezurrt und total steif auf seinem Rücken, solange Sternentänzer noch festen Boden unter den Hufen hatte. Doch plötzlich begann er zu schwimmen. *Mist, was mach ich jetzt?* Carolin packte ein Moment der Panik.

„Nick!" Doch der hörte sie nicht. Er rutschte gerade von Marhabas Rücken, griff in die Mähne des Hengstes und ließ sich von ihm durch den See ziehen. *Was jetzt?* Carolin starrte in das Wasser. Wenn Sternentänzer hier nicht mehr stehen konnte, musste es ziemlich tief sein. Sie nahm all ihren Mut zusammen und glitt sachte vom Rücken ihres Pferdes, dann fasste sie rasch in seine Mähnenhaare. Sternentänzer musste ihre Unsicherheit gespürt haben. Denn für einen Augenblick drehte er seinen Kopf und sah sie an. Hab keine Angst, schien sein Blick zu sagen, ich bin ja da! Mit einem Mal wurde Carolin ganz ruhig, ihre Panik war wie weggeblasen und sie ließ sich durch den See ziehen. „Juhuhu!!!! Ist das schön!" Sie schloss die Augen, genoss das erfrischende Wasser, Sternentänzers Nähe, die warme Luft, die ganze Leichtigkeit des Sommers.

Im flotten Trab ritten sie später zurück. „Puh!" Die letzten hundert Meter vor Lindenhain schwang sich Carolin von Sternentänzers Rücken und führte ihn auf den Platz vor dem Stall. Die Luft war so warm, dass sie nach ihrem Bad beinahe schon wieder getrocknet waren.

Nick war schneller, er stellte Marhaba gleich vor dem Stall ab und holte den Gartenschlauch. „War das was, oder nicht?", rief er Carolin zu und richtete den Strahl auf sie und Sternentänzer, um sie von den Überresten des Sees zu befreien. „War das nicht eine geniale Idee?"

„Das war superobergenial! Lass uns das morgen gleich wieder machen", kicherte Carolin und war zum zweiten Mal an diesem Tag klatschnass. „Na warte!" Sie rannte kichernd in den Stall, holte einen Eimer Wasser und kippte Nick diesen entgegen. Der zückte wieder den Schlauch, so lange, bis Carolin völlig außer Puste die Hände in die Luft streckte. „Ich ergebe mich, halt, aufhören, halt!"

Nick lachte. „Ich ergebe mich dem allerliebsten Nick, heißt das. Und ich werde immer tun, was er von mir verlangt, heißt das!"

„Jajaja, du hast gewonnen!", prustete Carolin in den Wasserstrahl.

„Also gut!" Nick drehte endlich das Wasser ab.

Carolin knuddelte ihr T-Shirt vor dem Bauch und wrang es aus. Doch das hätte sie sich glatt sparen können, denn Sternentänzer hatte nun offensichtlich Gefallen an dem Spiel gefunden. Er begann schwungvoll mit seinem langen, triefend nassen Schweif um sich zu schlagen und schüttelte sich gleich darauf so heftig, dass er Carolin von oben bis unten mit Wasser aus seiner üppigen Mähne voll spritzte. „Wah, Sternentänzer, aufhören!“ Doch der dachte gar nicht daran. Er stupste Carolin mit der Nase an, sodass sie stolperte und in eine Pfütze purzelte, die sich auf dem Boden gebildet hatte. „Sternentänzer!“, kreischte Carolin kichernd und kämpfte sich wieder hoch. „Aufhören!“

Sternentänzer sah sie mit seinen herrlichen, großen dunklen Augen an. Es schien so, als würde er lächeln. Carolin war völlig durchnässt, komplett außer Puste, aber überglücklich. Ein langer, wunderschöner Sommer mit Sternentänzer lag vor ihr. Endlich war auf Lindenhain wieder alles so wie früher. *Und so wird es auch bleiben,* dachte sie, während sie losging, um ihre nassen Klamotten zu wechseln. Doch da sollte sie sich gewaltig täuschen.

Was will der Fremde auf Lindenhain?

Carolin stand in der Küche und rührte hoch konzentriert abwechselnd in zwei riesigen Töpfen.

„Sag mal, was machst du denn da eigentlich, Caro?“

Carolin fuhr zusammen. „Hast du mich erschreckt, Mam! Ich hätte einen Herzinfarkt bekommen können.“

Ines Baumgarten lehnte im Türrahmen und beobachtete ihre Tochter skeptisch. Sie schlenkerte den Hausschlüssel ungehalten in der Hand. „So leicht bekommt man keinen Infarkt.“

„Warum bist du denn schon da, Mam?“, erkundigte sich Carolin zaghaft. Heute war Donnerstag und da arbeitete Ines normalerweise auch am Nachmittag in der Rechtsanwaltskanzlei. Anschließend ging sie dann meist mit ihrem Chef noch zum Essen und trudelte erst ziemlich spät zu Hause ein. Was Carolin überhaupt nicht ungelegen kam, denn dann hatte sie freie Bahn und konnte Dinge tun, die sie unter Aufsicht nicht tun konnte, wie zum Beispiel neue Leckereien oder Rezepte für Sternentänzer auszuprobieren. So wie jetzt!

Ines mochte das nämlich gar nicht. Genauso wenig

wie sie Pferde mochte. Aber sonst war Ines ganz in Ordnung. Carolin lebte allein mit ihrer Mutter in einer Doppelhaushälfte in Lilienthal. Paul Baumgarten war vor ein paar Jahren mit seiner aufgetakelten Sekretärin durchgebrannt. Rosanna hieß sie und sah auch so aus, wie sie hieß. Rote, lockige Mähne, kurzer Mini, rote Lippen. Doch Rosanna war inzwischen längst Geschichte. Paul hatte Schluss gemacht. Genauso wie mit zwei, drei anderen Freundinnen, die Carolin nur vom Hörensagen kannte. Sie erinnerte sich auch schon nicht mehr an die Namen. Anfangs hatte Carolin unter der Trennung ihrer Eltern schwer gelitten, inzwischen machte es ihr fast überhaupt nichts mehr aus. Sie fand es nur schade, dass sie mit Paul in letzter Zeit recht wenig unternommen hatte. Vor lauter Arbeit hatte er keine Zeit mehr.

Ines schlüpfte aus ihrer kanariengelben Kostümjacke. „Die Klimaanlage im Büro ist ausgefallen, es war so stickig, dass man nicht mehr denken konnte. Dann hat uns unser Chef für heute hitzefrei gegeben." Sie fuhr sich mit der Handfläche erst über die Stirn, dann durch ihre Haare, die sie seit kurzem raspelkurz und strohblond trug. „Puh! So eine Hitze."

„Ist doch total schön!", strahlte Carolin und riss geschäftig den Kühlschrank auf. „Magst du eine Erfrischung? Eine eiskalte Cola mit ein paar Eiswürfeln. Hilft prima bei großer Hitze."

Ines zog ihre hohen, ebenfalls kanariengelben Pumps aus, bewegte ihre Zehen hin und her und massierte dann ihre Fesseln. „Caro, lenk nicht ab! Es stinkt hier meilenweit. Bis um die nächste Ecke! Ich dachte, mich trifft der Schlag, als ich feststellen musste, dass der Gestank aus meinem Haus kommt. Und zwar exakt aus dieser Küche. Was also tust du?“

„Ooch ...“ Carolin setzte ihren Unschuldsblick auf.

Den Ines natürlich nur zu gut kannte. „Caro!“

„Ach Mam“, seufzte Carolin betont gequält. „Es ist doch so tierisch heiß ...“

„Das ist mir nicht entgangen, Caro, also weiter!“

„Und Sternentänzer ist es auch so heiß.“

Ines verdrehte die Augen. „Ich hätte mir ja gleich denken können, dass die Aktion etwas mit Pferden zu tun hat. Womit auch sonst?“

Carolin bemühte sich, die Töpfe im Auge zu behalten. Nicht auszumalen, wenn die Mischung überkochte, über die Kochfläche kroch, den Herd entlang und auf den Boden tropfte – Ines würde komplett ausrasten.

„Caro, zum zehnten Mal: Was genau machst du da?“

„Sieh mal, Mam, wenn es so furchtbar heiß ist, dann kommen so viele Mücken und Stechfliegen und quälen Sternentänzer. Der Arme, du müsstest ihn mal sehen! Ständig muss er die gemeinen Biester mit seinem Schweif verscheuchen. Er schafft das gar nicht. Die sitzen überall, sogar in seinen Augen und auf seiner zarten Nase. Wenn du ihn sehen würdest, würde er dir auch Leid tun!“

Ines schnaufte tief durch. „Also? Was stinkt hier so bestialisch?“

„Obstessig und Nelkenöl.“ Carolin schob die Töpfe vom Herd. Inzwischen dürfte das Gemisch lange genug gekocht haben. „Damit muss ich ihn am ganzen Körper einreiben, denn die Mücken mögen das überhaupt nicht."

„Muss das sein, dass du dieses fürchterliche Gebräu in meinen guten Töpfen und in meiner Küche kochst?"

Wo denn sonst? Gunnar würde sich schön bedanken, wenn ich das auf Lindenhain machen würde, dachte Carolin, sagte es aber wohlweislich nicht. Sie warf Ines einen zerknirschten Blick zu.

Ines sah ihre Tochter an. „Caro, Caro, womit hab ich so was wie dich eigentlich verdient? Könnte ich nicht ein Mädchen haben, das auf Ballett steht? Das Ärztin werden will oder von mir aus auch Rechtsanwältin?"

Doch sie lächelte dabei und Carolin wusste, dass sie es nicht so meinte, wie sie es sagte. Na ja, zumindest nicht ganz!

Einige Tage später - Carolin kehrte mit Sternentänzer gerade von einem herrlichen Ausritt zurück - tauchte auf Lindenhain ein fremder Mann auf. Er trug trotz der Hitze einen weiten, schwarzen Mantel, einen suppentellergroßen, schwarzen Schlapphut und eine große, schwarze Sonnenbrille. Gemeinsam mit Gunnar sah er sich auf dem Hof um, begutachtete die Pferde, die Ställe und das ganze Gelände bis hoch zu den Linden. Er unterhielt sich angeregt mit Gunnar, die beiden schienen sich gut zu verstehen. Carolin beäugte das Ganze äußerst misstrauisch. Fremde auf Lindenhain waren kein gutes Zeichen. Bisher hatte es jedes Mal nur Ärger und Probleme gegeben, wenn Fremde auf dem Reiterhof auftauchten. *Was will dieser Mann? Was hat sein Besuch zu bedeuten?* Er interessierte sich augenscheinlich besonders für das Gelände. Und das konnte eigentlich nur eins heißen: Er wollte Lindenhain kaufen.

„Wer war das?", erkundigte sich Carolin hektisch bei Gunnar im Büro, als der Wagen des Fremden wieder vom Hof rollte.

„Ach, nichts Wichtiges, nur ein Bekannter", entgegnete Gunnar schnell und versteckte sich hinter seiner Kicker-Zeitschrift. Doch Carolin sah ihm an der Nasenspitze an, dass er nicht die ganze Wahrheit sagte.

Eine Woche drauf sah sie den Unbekannten erneut. Noch einmal überprüfte er das ganze Gelände. Diesmal marschierte er sogar durch den Wald bis zum kleinen Bach. Er hatte eine Digitalkamera dabei und schoss ein paar Aufnahmen. Carolin wurde allmählich immer nervöser. Das versprach nichts Gutes.

Sie versuchte Vicky, Gunnars Lebensgefährtin, auszuquetschen, doch die wusste auch nichts Näheres. „Ich hab wirklich keine Ahnung, was Gunnar im Moment so treibt, Caro. Ich weiß nur, dass er seit ein paar Wochen ziemlich regelmäßig Briefe von seiner Ex-Frau bekommt. Diese Antonia aus Italien, mit der er mal verheiratet war. Ich habe nachgefragt, er meinte, sie wolle nur Geld. Das kann, muss aber nichts mit diesem Fremden zu tun haben."

Geld. Seine Ex, eine Italienerin, wollte Geld. Vielleicht gehörte der schwarze Mann zu ihrer Familie oder zur Mafia? Er spaziert hier herum, weil er sehen will, wie viel Gunnars Besitz wert sein könnte, kombinierte Carolin beunruhigt.

Ein paar Tage später geisterte der Schlapphutmann schon wieder auf dem Hof herum. Diesmal war er nicht allein unterwegs, sondern hatte einen Begleiter mit Glatze und Trenchcoat dabei. Der hielt einen Block in der Hand und machte offenbar Skizzen von Lindenhain.

Als die beiden schließlich wieder weg waren, stellte Carolin Gunnar wild entschlossen zur Rede. Er wollte gerade in sein Büro im Haupthaus, doch Carolin hielt ihn auf. „Hi Caro!" Er strahlte sie an, seine Augen blitzten. Carolin hatte ihn schon lange nicht mehr so gut gelaunt gesehen.

„Wirst du Lindenhain verkaufen, Gunnar? Diesmal will ich eine Antwort! Keine faulen Ausreden mehr."

Gunnar sah sie an wie ein Auto. „Wie kommst du denn auf so eine absurde Idee, Caro? Natürlich nicht! Niemals!"

Carolin atmete auf. „Was wollten denn dann diese komischen Typen bei uns? Wer war das, sag endlich!"

„Das war Sven Örigson", erklärte Gunnar und strahlte noch viel breiter. „Jetzt ist alles in trockenen Tüchern und ich darf endlich drüber reden. Vorher musste ich nämlich Stillschweigen bewahren, was mir gar nicht leicht fiel."

„Aha! Und was wollte dieser Örgi...?"

„Örigson." Gunnar drehte sich zu Caro und legte die Hände auf ihre Schultern. „Stell dir vor, Caro, wir werden berühmt!"

Caro verdrehte nur die Augen. „Oh nein, nicht schon

wieder! Das hatten wir doch erst, als ich Turnierreiterin war."

Gunnar ließ seinen Blick über den Hof kreisen wie ein Gutsherr. „Diesmal ist es völlig anders. Wir werden richtig berühmt. Stars sozusagen."

Carolin betrachtete Gunnar skeptisch. Sie hasste Veränderungen. Vor allem auf Lindenhain.

Gunnar grinste zufrieden und sah aus wie ein kleines Kind, das sich über einen gelungenen Streich freute. „Stell dir vor, Örigson und sein Team wollen auf Lindenhain einen Film drehen und auch noch ganz schön Kohle dafür zahlen."

„Einen richtigen Film, aha", murmelte Carolin. Doch dann stutzte sie. *Was für einen Film? Hatte Rüdiger Sternentänzers Geheimnis doch verraten? Wollten sie einen Film über Sternentänzer drehen?*

„Dieser Örigson ist ein berühmter schwedischer Regisseur, der sich hier schon mal umgesehen hat."

Carolin schwieg. Die Gedanken wirbelten weiter durch ihren Kopf. *Wenn der Regisseur tatsächlich einen Film über Sternentänzer drehen will, dann muss ich den Hengst von hier wegbringen. Sofort! Vielleicht zu Ferdi nach Berlin.*

„Er hat sich alles angesehen, jedes Detail abgecheckt und ist zu dem Schluss gekommen, dass Lindenhain für den Außendreh perfekt ist. Das Gelände hier passt genau ins 18. Jahrhundert", erklärte Gunnar. Dabei strahlte er so breit, dass es beinahe schien, als würden seine Mundwinkel die Ohren berühren.

Carolin stutzte. „Wieso denn ins 18. Jahrhundert?"

Gunnar schüttelte den Kopf. „Ein komischer Kauz ist er schon, dieser Örigson. Hast du gesehen, was der anhatte? Vicky würde mich mit der Peitsche zum Kleiderschrank treiben, wenn ich so rumlaufen würde. Aber so sind sie wohl diese Filmleute, da werden wir uns dran gewöhnen müssen."

Carolin knuffte Gunnar in die Seite. „Was ist los, Gunnar? Sag endlich! Was für einen Film wollen die hier drehen? Geht es um Sternentänzer?"

Gunnar sah sie verwundert an. „Um Sternentänzer? Warum das denn? Ach was. Örigson will einen historischen Liebesfilm drehen, der im 18. Jahrhundert spielt. Mit Pferden und Reitern und Kutschen. Anno dazumal gab's ja noch keine Autos."

Carolin fiel ein ganzes Mittelgebirge vom Herzen. Sternentänzer war nicht in Gefahr! Obwohl, man wusste ja nie! Wenn die auch rumschnüffelten wie dieser Rüdiger? *Ich werd einfach möglichst oft unterwegs sein und ausreiten, wenn die da sind,* beschloss Carolin.

„Weißt du schon mehr? Wann geht's denn los?"

Gunnar zuckte die Schultern. „Örigson wollte sich melden." Er streckte die Arme in die Luft. „Ich seh's schon vor mir ... Film Soundso, gedreht auf dem Reiterhof Lindenhain in Lilienthal ... ganz groß auf der Kinoleinwand ..."

„Ein Kinofilm?"

„Oder Fernsehen, oder was auch immer ... jetzt muss ich aber erst mal die Verträge unterschreiben", sagte er und verschwand fröhlich pfeifend im Haupthaus.

Carolin blieb mit gemischten Gefühlen zurück. Der

Gedanke, ihr geliebtes Lindenhain auf der Kinoleinwand zu sehen, war einerseits aufregend. Anderseits bedeuteten Dreharbeiten auf Lindenhain viele Leute, viel Aufmerksamkeit – und möglicherweise Gefahr für Sternentänzer.

Geheimnisvolle Filmwelt

In der Woche drauf erschien das Filmteam. Carolin war gerade bei Sternentänzer und mistete seine Box aus, als zwei Männer in den Stall kamen. Der erste trug eine gelbe Jeans, dazu ein rotes Hemd. Über seine Glatze hatte er ein gelbweiß gestreiftes Tuch gebunden, das im Nacken verknotet war. Er hatte haselnussbraune Augen, die er mit Kajal betonte. Wie es aussah, wenn Männer sich mit Kajalstift die Augen schminkten, wusste Carolin von Linas Onkel Rocco, der als Artist und Feuerspucker in einem Zirkus auftrat. Im Mundwinkel des Mannes hing eine Zigarette. Der zweite sah ganz normal aus. Er trug Jeans und ein blauweiß gestreiftes Hemd.

„In diesem Stall willst du also arbeiten?", fragte der Jeansmann.

Carolin spitzte neugierig aus Sternentänzers Box heraus und lauschte.

Der andere Mann nickte. „Macht doch alles einen ganz ordentlichen Eindruck, oder Mike?"

Mike nickte. „Doch. Seh ich auch so."

Der Mann mit dem Tuch klopfte Mike auf die Schulter.

„Dann schauen wir uns mal den Rest des Ladens hier an." Er nahm seine Zigarette aus dem Mund und wollte sie achtlos zur Seite schnippen.

„Halt!" Carolin schoss wie ein Schachtelteufel aus der Box. „Moment! Rauchen verboten! Und das Zigarettenwegwerfen erst recht! Das Stroh brennt wie Zunder, da reicht der kleinste Funke."

Der Tuchmann musterte sie von oben bis unten und lächelte. Er hielt in seiner Bewegung inne, die Zigarette noch zwischen seinen Fingern. „Hast völlig Recht, Pferdemädchen." Er zwinkerte ihr zu. „Ich gelobe Besserung."

Da erst wurde Carolin bewusst, was für ein Bild sie abgeben musste. Sie trug ihren ältesten Overall, ihre Gummistiefel waren völlig verdreckt, ihr Haar hing voller Strohhalme.

„Ich ..."

Doch die beiden Männer befanden sich schon auf dem Rückzug.

Carolin legte ihren Kopf gegen Sternentänzers weiches Fell. *Na toll, das kann ja heiter werden,* murmelte sie. Als ob Carolin es geahnt hätte, es sollte noch besser kommen!

Als sie nach einer Weile den Stall verließ, traf sie beinahe der Schlag. Der ganze Hof war inzwischen voll geparkt mit Autos mit Anhängern, mit Wohnwägen, mit Campern. Überall standen Kameras, Beleuchtungsgeräte und andere merkwürdige Dinge. Es schwirrten Menschen umher, die sie nicht kannte. *Na toll! Soll das jetzt etwa so bleiben, bis dieser komische Film gedreht ist? Völlig unmöglich! Die Pferde rasten aus! Ich muss dringend mit Gunnar reden.*

Gunnar stand am Büroeingang und unterhielt sich mit zwei Männern. Erst als Carolin näher kam, merkte sie, dass es sich um die beiden Männer handelte, die zuvor im Stall waren. *Ob die sich bei Gunnar über mich beschweren?* Sie wollte sich gerade wieder umdrehen, doch da hatte Gunnar sie bereits erspäht. „He, Caro, komm doch mal her!"

Carolin stiefelte tapfer zu Gunnar. „Was gibt's denn?"

Gunnar schob seinen Cowboyhut in den Nacken. „Ich möchte dir jemanden vorstellen, Caro." Er deutete auf den Mann in Jeans. „Das ist Mike Heiner, er ist Pferdetrainer. Während der Drehtage wird er sich um die Pferde und um die anderen Tiere kümmern."

Mike nickte Carolin freundlich zu.

„Und das", Gunnar deutete auf den Mann mit dem Tuch. „Das ist der Big Boss, der große Regisseur Sven Örigson. Und das", Gunnar schlug Carolin mit der Hand auf die Schulter, „das ist sozusagen meine rechte Hand, Carolin Baumgarten."

Örigson lächelte und hielt ihr die Hand hin. „Wir haben uns ja eben schon kurz kennen gelernt."

Carolin bekam einen puterroten Kopf. Der Mann, den sie wegen der Zigarette angemacht hatte, war Örigson. *Und wie sie aussah! Genau so, wie man aussehen möchte, wenn einem ein großer Regisseur begegnet. Was hat der denn jetzt für einen Eindruck von mir!* Sie wischte sich rasch die Hände an ihrem Overall ab.

Örigson zwinkerte ihr kurz zu. Dann wandte er sich

wieder an Gunnar. „Die Formalitäten dürften ja inzwischen alle geklärt sein. Die Verträge sind unterschrieben."

„Jaja, sicherlich", nickte Gunnar eifrig. „Sie können jederzeit loslegen. Lindenhain steht zu Ihrer Verfügung."

Carolin versenkte ihre Hände tief in den Hosentaschen. Sie kam sich selten dämlich vor. „Ich geh dann mal", murmelte sie und schlich zurück in den Stall. Sie sattelte Sternentänzer und führte ihn, so vorsichtig es ging, durch den voll gepackten Hof.

„Ey!! Mädel! Vorsicht!", fuhr ein Mann sie an, als Sternentänzer einem Beleuchtungsgerät zu nahe kam. „Das Ding ist schweineteuer. Pass lieber auf deinen Gaul auf, so viel Taschengeld kannst du in hundertfünfzig Jahren nicht zusammensparen."

„Ist ja schon gut", murmelte Carolin und zog Sternentänzer ganz dicht zu sich.

„Muss das sein?", motzte eine junge Frau mit endlos langen blonden Haaren.

Carolin musterte sie irritiert. „Was ist denn?"

„Musst du dein Pferd unbedingt so nah an mir vorbeiführen?" Die Frau bekam einen Niesanfall. „Ich habe eine sehr lästige Pferdeallergie." Sie nieste weiter und wedelte mit den Händen. „Ich spiele die Hauptrolle", verkündete sie wichtig. „Ich kann nicht mit einer knallroten Nase die vornehme Edelfrau spielen, außerdem krieg ich Ärger mit meiner Maskenbildnerin. Also weg mit dem Tier aus meiner Nähe!"

Carolin fasste Sternentänzers Zügel noch enger und war heilfroh, als sie endlich aus dem Hof draußen waren. Rasch schwang sie sich in den Sattel und trabte los. Über den kleinen Feldweg zum Wald, am Waldweg entlang bis zur Lichtung. Carolin beugte sich ganz dicht zu Sternentänzers Mähne hinunter und genoss jede Minute.

Nach einem ausgedehnten Ausritt brachte Carolin Sternentänzer zurück in den Stall, sattelte ihn ab und rieb sein Fell trocken. Sie brachte ihm frisches Wasser und tätschelte liebevoll seinen Hals. Nachdem Sternentänzer versorgt war, schaute sich Carolin erst mal auf dem Hof um. Nichts sah mehr so aus wie früher. Ihr Blick fiel auf drei Araber, zwei schwarze und ein heller. Schöne, große Pferde. Sie standen ganz ruhig in der Mitte des Hofes. Dann, ganz plötzlich setzten sie sich in Bewegung. Alle auf einmal. Und dann - stürzten sie. Alle auf einmal. Fielen hin, lagen auf dem Boden! Carolin erstarrte vor Schreck. Sie schlug die Hände vors Gesicht. *Oh Gott! Dr. Sander. Ich muss Dr. Sander holen! Wenn die Beine gebrochen sind, dann gibt es für diese schönen Pferde keine Rettung mehr.*

Carolin wollte gerade loslaufen, da rappelten sich die Pferde wieder auf. Sie schüttelten sich nur kurz und trabten danach wieder friedlich weiter, als wäre nichts geschehen. Als hätte es gar keinen Sturz gegeben. Offenbar waren sie auch völlig unverletzt. So wie es aussah, hatten sie sich nicht mal eine Schramme zugezogen. Völlig verdutzt und mit offenem Mund stand Carolin da.

„Hi!“ Ein Typ mit langen schwarzen Haaren, einem kleinen Schnurrbärtchen und einem Eimer schwarzer Farbe in der Hand gesellte sich zu ihr.

„Ha... haben Sie das eben gesehen?“, stotterte Carolin noch immer fassungslos. „Wie diese Pferde hingefallen sind?“

„Ja, und? Ich bin übrigens der Ingo.“

„Ich bin Caro. Ich dachte, die hätten sich schwer verletzt“, murmelte Carolin.

„Ach was.“ Ingo winkte ab. „Die Pferde haben das trainiert, das sind Profis. Die machen solche Stürze jeden Tag. Na ja, fast.“

„Die stürzen jeden Tag?“

„Stürzen, laufen durchs Feuer, springen von Klippen, was weiß ich, klar, das ist deren Job.“

„Job?“ Carolin verstand nur noch Bahnhof.

„Das sind Stuntpferde“, erklärte Ingo. „Mit den dreien hab ich schon oft gearbeitet, die gehören zu den besten, die haben alle Tricks drauf.“

„Stuntpferde? Hab ich noch nie gehört.“

Ingo schnalzte mit der Zunge. „Null Ahnung vom Film, was? So, wie es Stuntmen gibt, die für Schauspieler bei gefährlichen Dreharbeiten einspringen, so gibt es natürlich auch Stuntpferde, die Dinge tun, die für andere Pferde zu gefährlich sind.“

Carolin schüttelte ungläubig den Kopf. „Aber ... wie können Pferde freiwillig stürzen?“

„Macht natürlich nicht jedes Pferd. Da ist jedes einzelne Exemplar von Spezialisten sorgfältig ausgesucht und lange und intensiv erzogen worden. Manchmal leihen wir auch welche vom Zirkus aus. Die sind meist auch ganz gut drauf. Und kosten weniger. Sind aber natürlich weniger vielseitig einsetzbar."

Carolin raufte sich verständnislos die Haare.

„Das Beste, was ich je erlebt habe, war ein Gaul, der auf Befehl lachte. So was von schräg!" Ingo lachte so laut auf, dass die Enden seines Schnauzbarts zitterten.

Carolin war immer noch völlig schockiert. „Warum macht man das mit den Pferden?"

„Na Süße, du willst doch auch Pferdefilme sehen, also. Soll man die mit Mäusen drehen, oder was? Heutzutage geht das alles sowieso total anständig zu. Früher war das weniger nett", erklärte Ingo. „Da waren die Stürze echt. Man spannte einen Eisendraht quer über den Weg. Die Pferde stürzten wirklich und brachen sich die Beine. Und das, wo früher diese Mammutfilme mit Massenreiterszenen so in Mode waren."

„Das ist doch purer Wahnsinn!" Carolin machte große Augen.

„Für die nächste Szene mussten dann neue her. Auf die Dauer kam das den Filmgesellschaften wohl zu teuer. Na ja, und inzwischen ist es auch strengstens verboten. Der Tierschutzbund würde sonst Amok laufen und den Laden schließen."

„Wie fürchterlich", murmelte Carolin schockiert und beschloss nie wieder alte Reiterfilme anzusehen.

„Ach was! So ein Sturz ist noch eine der leichtesten Übungen. Die Feuernummer ist viel härter. Da müssen die Pferde durch eine brennende Feuerwand laufen, was sie richtig große Überwindung kostet. Denn Tiere haben ja eine angeborene Angst vor dem Feuer." Ingo stellte kurz den Eimer ab und kratzte sich am Kopf. „Tja, manche Pferde sind echt professionelle Schauspieler. Professioneller als so mancher echte auf zwei Beinen, das kannst du ruhig glauben!"

„Die armen Pferde! Die tun mir echt Leid!"

„Keine Sorge! Wenn's richtig spektakulär und gefährlich wird, dann ist heutzutage der Computer dran. Da werden einfach ein paar Szenen zusammengeschnitten und animiert."

„He, Ingo, dein Job! Einsatz!", ertönte von irgendwoher eine Stimme.

Ingo packte seinen Eimer und ging zu einem der Pferde. Carolin folgte ihm atemlos. *Was hat der denn vor?* Ingo tauchte den Pinsel ganz tief in den Eimer und begann in aller Ruhe damit, das Pferd schwarz anzumalen.

„Was machen Sie denn da?", fragte Carolin entsetzt. „Sie können doch nicht einfach ein Pferd anmalen!"

Ingo pinselte seelenruhig weiter. „Warum nicht? Wir brauchen für die nächste Szene drei schwarze Pferde, haben aber nur zwei, also streiche ich eins an."

„Was?" Carolin starrte ihn ungläubig an, als wäre er eine Katze mit sechzehn Beinen.

„Tja, Süße, beim Film ist alles nur Illusion. Purer Schein. Du kennst doch bestimmt den Streifen *Pferdeflüsterer*? Mit dem großen Mr. Robert Redford?"

Carolin nickte. „Und ob, das ist einer meiner Lieblingsfilme. Den hab ich mindestens dreimal gesehen und jedes Mal musste ich wieder heulen! Pilgrim ist so süß."

Ingo strich auf dem Fell weiter auf und ab. „Pilgrim! Pah! Welcher? Der wurde von mindestens vier bis fünf verschiedenen Pferden dargestellt. Und Black Beauty ...“ Ingo wedelte mit seinem Pinsel herum. „Ich trau mich fast zu wetten, dass da auch so manches Mal der Pinsel im Spiel war.“

Carolin grinste. *Wie oft hatte sie schon Wiederholungen von Black Beauty mit Lina angeguckt! Von Farbe war da eigentlich nichts zu sehen. Übrigens: Wo ist Lina eigentlich? Wir waren doch für heute Nachmittag auf Lindenhain verabredet,* überlegte Carolin und sah auf die Uhr. Es war halb fünf. Um halb vier wollte Lina kommen. *Eine Stunde Verspätung sieht ihr gar nicht ähnlich.* Carolin beschloss die Freundin anzurufen.

Blöd, wie so oft, Handy vergessen! Also lief Carolin zum Telefon in den Gemeinschaftsraum und wählte Linas Nummer. Nach zweimal Klingeln war Lina dran.

„He Lina, wir waren um halb vier verabredet, wo bleibst du denn?“, rief Carolin ins Telefon. „Du versäumst was! Du glaubst gar nicht, was auf Lindenhain los ist!“

„Was denn?“ Lina klang angespannt.

„Die Typen vom Film sind da. Die sind vielleicht schräg drauf.“

Pause. Dann. „Und wer noch?“

„Was meinst du mit *wer noch*?“

„Wer ist noch da?“

Carolin zog verwundert die Nase kraus. *Was war das denn für eine Frage?* „Na ja, da sind Schauspieler, da ist so ein Typ, der Pferde anmalt und ...“

„Das mein ich nicht", unterbrach Lina sie.
„Was dann?"
„Jemand, den wir kennen. Nick, Gunnar und so."
Hä? Lina? Geht's noch? „Natürlich, die sind doch immer da."
Wieder Pause. Dann: „Bei so Dreharbeiten braucht man doch bestimmt auch einen Tierarzt. Ist Dr. Sander vielleicht da, und Thorben?"
„Schon möglich, dass die noch aufkreuzen." Allmählich wurde Carolin ungehalten. „Wie wär's, wenn du die Hufe schwingst und herkommst, statt mir so dämliche Fragen zu stellen. Dann kannst du sie alle sehen: Nick, Gunnar, Dr. Sander, Thorben, die Leute vom Film und vor allem mich."
„Nein", drang nun eine feste Stimme vom anderen Ende der Leitung zu ihr. „Ich hab keine Zeit, warte nicht auf mich." Zack! Aufgelegt.
Carolin starrte verdutzt in den tutenden Hörer. *Wohl mit dem falschen Fuß aufgestanden!?*

Hollywoodträume

Bevor sich Carolin auf den Heimweg machte, schaute sie nochmals zu Sternentänzer in die Box. Sie holte aus der Vorratskammer eine Hand voll Hafer und hielt sie ihm hin. Es kitzelte, als seine weichen Lippen in ihrer Handfläche lagen. Carolin gluckste. Sie legte ihren Kopf gegen seinen Hals und tätschelte sein Fell, das sich anfühlte wie Samt. „Mein süßer Sternentänzer. Nie im Leben würde ich dich solche Sachen machen lassen", murmelte sie vor sich hin. „Und wenn so ein Typ mit langen Haaren und schwarzem Farbtopf kommt, dann renn, was du kannst!" Sie kicherte. „Obwohl - wer weiß, wie hübsch du in Schwarz aussehen würdest!"

Als hätte Sternentänzer alles verstanden, gab er ihr einen kleinen, liebevollen Stups.

„Nein, keine Sorge!" Carolin kicherte immer noch. „War nur ein Witz! Du bist der Schönste von allen. Und der Klügste."

„Hi Caro."

Carolin schreckte auf. Sie hatte so intensiv mit Sternentänzer geschmust, dass sie gar nicht bemerkt hatte, dass jemand gekommen war. Es war Jeansmann Mike, der Pferdetrainer.

„Äh, hi."

Mike streckte die Arme in die Höhe. „Bin unbewaffnet. Keine Zigarette, keine Schachtel, nicht mal ein Feuerzeug. Du kannst dich gern selbst davon überzeugen."

Carolin musste grinsen. „Was gibt's denn?"

„Hast du kurz Zeit zum Quatschen? Oder soll ich warten, bis du fertig bist?"

Carolin begutachtete Mike näher. Er sah nett aus. Hatte kurze dunkelbraune Haare und blaue Augen mit vielen kleinen Lachfältchen drum herum.

„Schon okay."

„Hast du dich ein bisschen mit uns anfreunden können? Kommt ja sicher nicht jeden Tag vor, dass ein Film bei euch gedreht wird."

„Das ist das erste Mal."

„Lindenhain ist ein toller Pferdehof, kann mir gut vorstellen, dass man sich hier wohl fühlt. So was hätte ich mir immer gewünscht, als ich ein kleiner Junge war." Er seufzte. „Ist aber leider am Geld gescheitert. Wir mussten jeden Pfennig sparen. Mehr als ein Plüschpferd war damals für mich nicht drin. Außerdem bin ich in einer Großstadt aufgewachsen. Ich konnte meinen Traum vom Leben mit Pferden erst jetzt wahrmachen."

„Tut mir Leid", erwiderte Carolin.

„Ach was", Mike klatschte in die Hände. „Besser spät als nie, sage ich immer. Du reitest schon lange, oder?"

Carolin nickte. „Ich könnte ohne Pferde nicht leben."

Mike lehnte sich mit dem Rücken gegen die Wand.

„Ich habe dich gesehen. Vorhin, als du ausgeritten bist, du mit deinem Pferd. Du hast eine perfekte Haltung. Und dein Pferd gehorcht dir ja echt aufs Wort. Man merkt, dass ihr viel Zeit zusammen verbringt."

„Danke schön", murmelte Carolin verlegen.

„Ihr beide, du und dein Pferd, ihr seid ein super Team, oder?"

„Oh ja!" Carolin nickte. Sie musterte Mike skeptisch. Er war doch nicht nur hier, um Komplimente zu machen, aus seinem Leben zu erzählen oder über ihre Reitkünste zu plaudern. *Was wollte er?*

Mike verschränkte die Arme. „Sag mal, habt ihr nicht Lust bei unserem Film mitzumachen? Du und dein Pferd? Ein paar Nebenrollen sind nämlich noch nicht im Kasten. Wir brauchen noch einen guten Reiter auf einem Schimmel."

„Wie bitte?" Carolin bekam vor Überraschung einen Hustenanfall. *Hatte sie das eben richtig verstanden?*

„Überleg's dir doch, Caro. Vielleicht hast du ja Lust mitzuspielen", wiederholte Mike und klopfte ihr sacht auf den Rücken. „Kommt ein bisschen plötzlich, das ist mir schon klar."

Mitmachen? In einem Film? Im Kino zu sehen sein? Carolin hustete und keuchte und hustete.

„Wenn du keine Lust hast, auch kein Problem, du musst natürlich nicht."

Carolin rang weiter um Luft! *Eigentlich hatte sie mit den Filmleuten bisher überhaupt nichts am Hut gehabt, aber andererseits – da bekam sie vielleicht gerade das Angebot ihres Lebens?* Carolin war nicht mehr im

Stande ein Wort herauszubringen. Sie japste nur nach Luft.

Mike grinste sie an. „Überleg's dir und sag mir Bescheid." Dann marschierte er Richtung Stalltür davon.

Carolin sah ihm nach. Sie war innerlich total gespalten. *Was soll ich tun? Ob ich Lust habe, in einem Film mitzuspielen?* Carolins Nerven fuhren Achterbahn. Sie war hin- und hergerissen. *Andererseits – was gibt's denn da lange zu überlegen bei so einem Angebot? Eigentlich gar nichts, oder? ... Natürlich! Ich, Carolin Baumgarten, werde Filmstar.*

Als sie sich wieder einigermaßen beruhigt hatte, spurtete sie aus dem Stall und sauste Mike hinterher. Sie erwischte ihn gerade noch, bevor er in einen großen schwarzen Sportwagen einstieg.

„Warten Sie!", keuchte sie außer Puste. „War das eben Ihr Ernst? Dass ich in dem Film mitspielen soll?"

Mike lehnte sich gegen die geöffnete Wagentür. „Erstens kannst du ruhig du zu mir sagen, ich heiße Mike, und zweitens war das klaro ernst gemeint. Wie ich dir erklärt habe, suchen wir noch jemanden für ein paar Szenen mit Pferden, für ein paar Zwischenschnitte. Du und dein Pferd, ihr scheint mir für den Job bestens geeignet. Also, hast du Lust?"

Carolin nickte atemlos. „Super gern." Doch dann kam ihr ein Gedanke. „Aber ich werde auf keinen Fall zulassen, dass Sternentänzer stürzt, durchs Feuer galoppiert oder auf Befehl lacht. Das komm nicht in die Tüte!"

Mike lächelte. „Schön, dass du dabei bist. Und mach dir keine Sorgen, die Stunts übernehmen nur Profis! Vierbeinige wie zweibeinige." Er schlüpfte durch die offene Autotür zum Nebensitz, zog eine Aktentasche heraus und kramte ein Formular hervor. „So, dann machen wir doch gleich Nägel mit Köpfen." Er hielt Carolin das Blatt hin. „Das ist eine Einverständniserklärung. Die musst du von deinen Eltern unterschreiben lassen und mir dann wieder mitbringen." Er stieg ins Auto. „Also dann bis morgen."

Carolin sah dem schwarzen Sportwagen nach, der vom Hof brauste. Wie der Blitz sprang sie noch im Overall auf ihr Fahrrad und radelte nach Hause. *Einverständniserklärung. Ines wird platzen vor Stolz!* Ob Carolin sich da mal nicht täuschte?

Voller Elan schloss Carolin die Haustür auf und rauschte ins Haus. „Mam, du glaubst nicht ..."

Ines kam aus der Küche geschossen wie eine Furie und funkelte sie an. Sie trug bonbonrosa Plastikhandschuhe und war wohl gerade auf Putztour. Ein schlechtes Zeichen. Denn Ines putzte nur wie eine Wilde, wenn sie miese Laune hatte. „Ich mag gar nicht glauben, dass du mit deinen Mist-Gummistiefeln einfach so in die Wohnung läufst!", unterbrach sie Carolin. „Bist du denn von allen guten Geistern verlassen?" Sie deutete auf den Boden, auf dem Carolin in der Tat deutliche Spuren aus Lindenhain hinterließ. „Du bist doch kein Baby mehr, Caro. Wer macht den ganzen Mist wieder weg? Ich natürlich! Aber ich bin keine Putzfrau!"

Ines schien außer sich. Ihr Gesicht war beinahe so rot wie ihr T-Shirt. In der letzten Zeit hatte sie ohnehin ziemlich häufig schlechte Laune gehabt. Meistens war es Pauls Schuld. Obwohl ihre Eltern jetzt schon so lange Zeit getrennt lebten, ärgerte sich Ines immer noch ab und an heftig über Paul. *Paul scheint also wieder zugeschlagen zu haben,* dachte Carolin. Nur wegen ein paar Schmutzspuren würde Ines sonst nicht so ausrasten.

„Ich mach das schon weg, Mam", versicherte sie sanft und trat mit einem Fuß auf die Ferse des anderen, um aus den Stiefeln zu schlüpfen. „Stell dir vor, was passiert ist ..."

„Zieh die Stiefel bitte vor der Tür aus und nicht im Haus, Caro! Oder im Garten. Und spritz diese Ungetüme dann am besten gleich mit dem Gartenschlauch ab!" Sie musterte Carolin von oben bis unten. „Und deinen Overall lässt du auch gleich draußen!" Sie schüttelte den Kopf. „Wie du wieder aussiehst! Bist du in den Misthaufen gefallen, oder was?"

„Mam, so sieht man eben aus, wenn man einen Stall ausmistet." Carolin grinste. Ihre Mutter hatte mit Pferden so gar nichts am Hut.

„Zack, zack, raus mit dir!" Ines scheuchte Carolin wie eine Horde Hühner unbarmherzig zur Gartentür.

Carolin seufzte. *Mann, Mam!* Da hatte sie weltbewegende Neuigkeiten zu verkünden, aber Ines interessierte sich nur für die kleinen nebensächlichen Dinge des Alltags. *Was spielt Schmutz noch für eine Rolle? Wenn ich erst mal ein großer Filmstar bin, dann werde ich Geld verdienen wie Heu und wir nehmen uns eine Putzfrau.*

Oder gleich zwei. Für jedes Stockwerk eine. Ach was, wir ziehen dann sowieso um! Nach Hollywood! Beverly Hills. Doch zunächst stellte sich Carolin in den Garten, drehte den Wasserhahn auf und spritzte ihre Gummistiefel mit dem Schlauch ab. Gehorsam schälte sie sich danach noch auf der Terrasse aus ihrem Overall und rannte nur in Unterwäsche nach oben in ihr Zimmer.

Ines kniete in der Küche, den Kopf in einem Unterschrank, als Carolin frisch geputzt und gekämmt unten erschien.

„Ich habe eine Neuigkeit, die wird dich umhauen!", verkündete Carolin strahlend. Sie musste es jetzt endlich loswerden, sonst würde sie platzen.

„Hast du die alten Brötchen gesehen, Caro?", fragte Ines, ohne den Kopf aus dem Schrank zu ziehen. „Ich kann sie nicht finden."

Carolin biss sich schuldbewusst auf die Unterlippe. „Sorry, Mam. Die hab ich Sternentänzer mitgebracht, die isst er so gerne, aber ..."

„Na toll!" Ines schlug die Schranktür zu. „Da kann ich ja monatelang suchen. Aus denen wollte ich eigentlich Semmelknödel machen, Caro!" Sie schüttelte den Kopf. „Bloß gut, dass dein Sternentänzer keine Möbel futtert, oder Lampen oder Schuhe, sonst wären die auch noch weg."

Carolin stellte sich vor, wie Sternentänzer an einem Tischbein knabberte und musste kichern. *Aber jetzt!* Sie legte das Formular feierlich auf den Tisch. „Hier!"

„Was ist das denn?" Ines setzte sich. „Von der Schule? Ein blauer Brief? Versetzung gefährdet?"

Carolin verdrehte die Augen. „In der Schule läuft alles bestens, lies doch mal.“

Schließlich nahm Ines das Formular und überflog es. Verdutzt ließ sie es sinken. „Was soll das, Caro?“

Carolin sprang auf und tigerte in der Küche auf und ab. „Ich werde berühmt, Mama. Sternentänzer und ich, wir werden berühmt.“

Ines sah Carolin an und seufzte. „Schon wieder.“

„Wie?“

„Na, vor ein paar Monaten warst du doch schon mal berühmt, als Turnierreiterin.“

„Das war doch was völlig anderes. Hier geht es um einen Film. Ich werde Filmstar. Vielleicht will ich dann Schauspielerin werden.“

„Und was willst du danach werden, Caro? Löwenbändigerin? Astronautin?“

Carolin schüttelte den Kopf. „Vor Löwen hab ich Schiss und als Astronautin bekommt man nichts Richtiges zu essen, also, keine Sorge!“

Ines stand auf und löffelte etwas Instantkaffee in eine Tasse. „Im Ernst, Caro, du hast ständig andere Flausen im Kopf“, schimpfte sie, während sie heißes Wasser aufsetzte. „Andere Mädchen in deinem Alter wissen da schon ziemlich genau, was sie wollen. Aber du ...“

Carolin sauste ins Wohnzimmer und holte einen Kugelschreiber. „Hier musst du unterschreiben, Mam, bitte! Außerdem werde ich jetzt ja Schauspielerin, das ist doch auch ziemlich vernünftig.“

Ines pustete in ihren dampfenden Kaffee. „Und die Schule?“

„Was hat das denn mit der Schule zu tun?“

„Die Schule geht vor, Fräulein.“

„Schon, aber ...“ Carolin wedelte mit dem Stift unter Ines’ Nase. „Unterschreibst du jetzt? Bitte!“

Ines nahm statt des Stiftes die Kaffeetasse in die Hand. „Ich weiß nicht, ob ich das verantworten kann.“

Carolin schnaubte genervt. „Und wenn ich dir verspreche, dass die Schule nicht darunter leiden wird?“

Ines zögerte einen Moment. „Sicher?“

„Großes Indianerehrenwort.“

Endlich stellte Ines die Kaffeetasse hin. „Wenn ich merke, dass du die Schule vernachlässigst, ist sofort Schluss damit. Hast du mich verstanden?“

Carolin nickte eifrig und nahm das Formular schnell an sich, nachdem ihre Mutter unterschrieben hatte. *Sicher ist sicher!*

Als Carolin am nächsten Tag nach Lindenhain kam, um Mike das Formular zu bringen, erkannte sie ihren Reiterhof kaum wieder. Kein einziges Auto stand mehr auf dem Hof. Stattdessen rollten jetzt Kutschen über die Wege, die alle mit kleinen Kieselsteinen und Sand bestreut waren, um den Asphalt zu verdecken. Dazwischen liefen Frauen mit wallenden Kleidern und Kopftüchern, großen Hüten oder Sonnenschirmen umher, auch die Männer waren merkwürdig gekleidet. Das Ferienhaus verbarg sich hinter einer bemalten Kulisse. Es sah aus, als sei die Uhr um Jahrhunderte zurückgedreht worden.

Als Carolin ihr Fahrrad am üblichen Platz abstellen wollte, eilte Ingo herbei. „Hi Caro. Kannst du dein Rad bitte in irgendeiner Kammer oder im Keller abstellen? Jedenfalls außer Sichtweite. Im 18. Jahrhundert gab's solche Bikes nämlich noch nicht", fügte er auf Carolins fragenden Blick hinzu.

„Alles klar", grinste Carolin und deutete auf einen merkwürdigen Stapel, der sich am Eingang zum Haupthaus auftürmte. Es sah entfernt aus wie ein Stapel Sattel, doch die Form war anders und beide Steigbügel hingen auf der gleichen Seite. Carolin kicherte. „Konstruktionsfehler würde ich sagen. Auf diesen Sätteln kann man schlecht reiten, oder?"

Ingo schüttelte den Kopf. „Das gehört so."

„Wieso denn das?"

„Das sind Damensitze", erklärte Ingo.

Jetzt erinnerte sich Caro. „Klar, die kenn ich aus alten Filmen."

„Dann weißt du ja, dass die Ladys früher mit ihren langen Kleidern nicht einfach so auf den Pferden rumgeritten sind wie wir heute. Die Damen sollten zwar im Sattel sitzen, aber unbedingt mit beiden Beinen auf der linken Seite."

Carolin überprüfte einen der Sitze. „Ich kann mir gar nicht so richtig vorstellen, wie das Reiten damit funktionieren soll!"

Ingo erwies sich als wahrer Experte. „Das, was du mit dem rechten Schenkel machst, erledigten die Damen früher mit der Reitgerte. Die Frauen saßen aber ohnehin nur auf ruhigen, behäbigen Pferden."

„Bin ich froh, dass die Zeiten vorbei sind und ich nicht damit reiten muss“, grinste Carolin.

„Oho, da spricht wohl Jeanne d’Arc aus dir!“

„Wieso das denn?“

„Weil sie auch die Reitposition der Männer übernommen hat.“

Carolin sah Ingo bewundernd an. „Was du alles weißt.“

Ingo zog eine Grimasse. „Weiß ich auch nur, weil wir gerade einen Film über diese Lady abgedreht haben.“

Während Carolin mit der Hand über den Sattelberg strich, fuhr Ingo fort: „Damensättel kommen übrigens wieder dick in Mode. Es gibt sogar ein paar Vereine, die Turniere veranstalten. Dort haben wir auch unsere ausgeliehen.“

Da kam Carolin ein Gedanke. „Muss ich etwa auch in so einem Ding reiten? Und vielleicht noch ein Kleid anziehen?“ Wobei Letzteres noch viel Schlimmer wäre!

„Ach was!“ Ingo winkte ab. „So weit ich weiß, gehörst du zu den Reitern. Die tragen alle eine Art Uniform.“

„Gut.“ Carolin war erleichtert.

Nun widmete sich Ingo wieder eingehend dem Studium der Mauer des Haupthauses.

„Sag mal, Ingo, was machst du da eigentlich?“, erkundigte sich Carolin.

„Drehort-Check. Wenn da zum Beispiel, keine Ahnung, *Gute Zeiten, schlechte Zeiten* an der Wand stehen würde, dann käme das richtig schlecht in einem Film aus dem 18. Jahrhundert. Ach, solltest du eine Armbanduhr tragen, nimm sie bitte zum Dreh ab!“

Carolin kicherte. „An was du alles denken musst.“

„Das ist eben mein Job."

„Du, Ingo, sag mal, worum geht es in dem Film eigentlich genau?"

„Also." Ingo zog zwei Colas aus einer Tasche. Eine hielt er Carolin hin. „Wenn die leer ist, nicht in die Gegend feuern, Dosen gab's damals nämlich auch noch nicht! Unser Film erzählt die Geschichte vom heldenhaften Ritter Kunibert, der für die Edelfrau Krimhilde in die Schlachten zieht. Kunibert gewinnt eine Schlacht nach der anderen und die reiche Edelfrau verliebt sich in den gut aussehenden Reiter. Doch eines Tages trifft Kunibert im Wald die schöne, geheimnisvolle Margarita, die magische Kräfte besitzt, und er verliebt sich in das Mädchen. Die Edelfrau tut alles, um ihn für sich zu gewinnen, und erzählt Margarita, dass Kunibert sie lieben würde. Margarita ist traurig, zieht sich zurück, weil sie meint, gegen die schöne reiche Edelfrau hätte sie sowieso keine Chance. Doch der edle Kunibert zieht los und sucht sein Waldmädchen."

Carolin nippte an ihrer Cola. „Gibt es ein Happy End?"

„Was denkst du denn! Natürlich findet Kunibert seine Margarita. Er rettet der Edelfrau das Leben und zum Dank dafür schenkt sie ihm ein Stück Land, auf dem er mit seinem Waldmädchen glücklich und zufrieden leben kann. Und wenn sie nicht gestorben sind, dann leben sie noch heute ..."

Carolin seufzte und drückte eine Delle in die leere Coladose. „Schöne Geschichte!"

„Nein, oh nein!" Ingo drückte Carolin seine Cola in die Hand und raste plötzlich los, als ginge es um sein Leben.

Nanu? Carolin folgte ihm und schüttete sich beinahe aus vor Lachen. Hofhund Herr Maier hatte neugierig die Kulisse inspiziert und eine der künstlichen Häuserecken schon mal mit seiner Duftnote markiert. Ingo kam zu spät und konnte sich nur noch die Haare raufen. Zum Glück hatte Hundedame Carolina da etwas bessere Manieren.

Ein Neuer in der Klasse

Noch nie in ihrer Schulzeit war Carolin am ersten Schultag nach den Ferien so schnell in die Schule geflitzt wie diesmal. Während sie radelte, als würde sie für ein Radrennen üben, stellte sie sich das Gesicht von Julia Schlupf vor. Julias Eltern gehörte die Strumpffirma Cecilia. Ihre Eltern hatten Geld wie Heu, was Julia immer wieder gerne betonte. Früher hatte sich Carolin ganz gut mit Julia verstanden, aber seit kurzem war ihr Verhältnis etwas angespannt. *Wie sag ich's ihr am besten?*, überlegte Carolin, während sie an der geschlossenen Schranke wartete, bis der Zug vorbei war. Eine Bahnschranke teilte Lilienthal in zwei Teile. Die Breitensteinstraße, wo Carolin mit ihrer Mutter wohnte, lag auf der einen Seite der Schranke, die Schule auf der anderen. Die Bahnschranke war eins von Carolins Orakeln. War sie offen, versprach es ein guter Tag zu werden. Heute war sie zu. Carolin lehnte sich auf ihren Lenker. „Ach übrigens, Julia, ich werde Filmstar." *Nee!* „Ich werde übrigens in einem Film mitspielen." *Auch nicht. Zu platt!* „Ich habe ein Angebot bekommen, in einem Film mitzuspielen, aber ich bin noch am Überlegen. Was meinst du, Julia?“ *So vielleicht!* Ungeduldig trommelte Carolin auf ihren Lenker. *Ich kann es kaum erwarten, Julias Gesicht zu sehen, wenn ich ihr diese Neuigkeit mitteile,* freute sich Carolin. Endlich ging die Schranke hoch und Carolin spurtete weiter in die Schule. Bevor sie dann das Klassenzimmer betrat, hielt sie einen Augenblick inne und atmete tief durch. *So. Haltung!* Schließlich war sie jetzt ein Filmstar. Bald zumindest. Sie drückte die Tür zum Klassenzimmer auf.

Was geht denn hier ab? Alle hingen wie eine Traube zusammen. Offenbar befand sich in der Mitte etwas höchst Interessantes. Carolin knallte ihre Schultasche auf ihren Platz. Dann reihte sie sich ein, um einen Blick auf das Objekt des Interesses zu erhaschen. Doch das war gar nicht so einfach, denn vor ihr stand ausgerechnet Pummel-Tina, die in den Sommerferien offenbar noch ein paar Kilos zugelegt hatte. Eine neue Frisur hatte sie auch. Ganz kurz und feuerrot. Ein bisschen erinnerte sie jetzt an einen Feuermelder. Carolin tippte Tina auf die speckigen Oberarme. „Hi, Tina, was ist denn da vorne los?“

Tina wandte sich um. „Hi Caro“, strahlte sie. „Hattest du auch so geniale Ferien wie ich? Ich durfte wieder in der Eisdiele bei Emilio aushelfen. Es gab drei neue Sorten: Amarena-Jogurt, Stachelbeere und weiße Schokolade. Jeden Tag Eis ohne Ende.“ Sie verdrehte genießerisch die Augen. „Und du?“

Carolin hielt es nicht mehr länger aus. Dann erfuhr Tina es eben als Erste. „Stell dir vor, ich spiele in einem

Film mit", platzte sie heraus. „In einem richtigen Kinofilm, der auf Lindenhain gedreht wird. Ist das nicht irre? Ihr könnt mich dann im Kino sehen oder im Fernsehen."

„Cool", nickte Tina so uninteressiert, als hätte Caro ihr eben die Uhrzeit gesagt, und drehte sich wieder um.

Carolin stellte sich nun auf die Zehenspitzen, sah aber trotzdem nicht mehr. „He, Tina, warum steht ihr hier eigentlich alle, als würdet ihr auf den letzten Bus warten?"

„Wir bekommen einen Neuen", flüsterte Tina geheimnisvoll und zwinkerte ihr wild zu. „Der sieht voll süß aus und ist die Attraktion. Julia und Heike sind ganz hin und weg."

„Ach so!", meinte Carolin. „Ich dachte schon, es wär was Spannendes." Sie sah sich suchend um. „Ist denn Lina noch gar nicht da?"

Tina verneinte. „Ne, Lina hab ich noch nicht gesehen." Sie zog einen Schokoriegel aus ihrer Tasche. „Magst du mal beißen?"

Carolin schüttelte den Kopf.

Tina biss auch nicht ab. „Hast Recht, schmeckt eh wie Papier. Gehört aber zu meiner neuen Diät. Ich darf alles essen, nur keine Kohlenhydrate."

Carolin musste grinsen. Tina und ihre Figur. Ein einziges Mal hatte sie es geschafft, abzunehmen, aber schon ein paar Monate später waren die Pfunde wieder drauf. Tina selber war es eigentlich egal, aber ihre Mutter machte immer wieder Druck.

Carolin setzte sich auf ihren Platz und ärgerte sich. *Supertiming!* Dieser neue Mitschüler stahl ihr doch glatt die Show. *Na gut,* beschloss sie, *dann warte ich eben bis zur großen Pause, wenn sich die Aufregung um diesen Typen gelegt hat.*

Die Tür ging auf und ein älterer Herr kam herein. In einem dunklen Anzug. Er hatte ein breites Gesicht, eine Goldrandbrille auf der Nasenspitze und eigentlich eine Glatze. Doch er trug ein paar dunkelgraue Haarsträhnen auf der rechten Seite länger, die er geschickt auf die linke Seite hinübergekämmt hatte. Mit Schwung knallte er seine Aktentasche auf das Pult und klatschte in die Hände. „Meine Herrschaften, darf ich bitten! Zeit ist Bildung, sag ich immer. Bitte alle setzen, damit wir anfangen können. Ich bin euer neuer Klassenlehrer." Er nahm ein Stück Kreide und schrieb *Dr. Heribert Hutmacher* an die Tafel.

Carolin sackte resigniert auf ihrem Stuhl zusammen. *Superempfang, Superlehrer. Das fängt ja echt klasse an.* Doch es sollte noch viel besser kommen.

Die Traube stob allmählich auseinander, bis nur noch der Neuling blieb. Carolin sah ihn nur von hinten und interessierte sich auch nicht sonderlich für ihn. Sie kramte unter dem Tisch nach ihrem Füller, der ihr aus der Tasche gekullert war.

„Meine Herrschaften, ihr habt heute nicht nur einen neuen Lehrer, sondern auch einen neuen Mitschüler bekommen. Ich bin, wie ihr an der Tafel lesen könnt, Dr. Heribert Hutmacher und der junge Herr neben mir ist Thorben Sander."

Wie bitte? Carolin schoss so schnell hoch, dass sie sich den Kopf an ihrem Tisch anschlug. *Thorben Sander? In meiner Klasse?* Völlig entgeistert starrte sie nach vorne. Tatsächlich. Dunkle, lockige Haare, ein gebräuntes Gesicht, Lausbubengrinsen und zwei tiefe Grübchen in der Wange. Das war Thorben. Nicht zu fassen. Sie rieb sich den Kopf.

„Thorben, du setzt dich am besten ..." Dr. Hutmacher spähte umher und entdeckte den leeren Platz neben Carolin. „Dort hinten zu der jungen Dame."

„Oh nein!", protestierte Carolin. „Hier sitzt Lina."

„Und wo ist diese Lina?"

„Die kommt gleich." In diesem Moment ging auch schon die Tür auf und Lina rauschte herein.

Carolin deutete mit dem Finger auf sie. „Das ist Lina."

Dr. Hutmacher blickte zur Tür, Thorben auch. Als Linas Blick auf Thorben fiel, bekam sie einen hochroten Kopf. Sie stammelte nur eine kurze Entschuldigung und huschte schnell auf den Platz neben Carolin. „Hey, was geht denn hier ab?", raunte sie der Freundin zu. „Was macht der denn hier?"

Carolin grinste nur vielsagend.

„Tja, wo setzen wir dich denn dann hin?", überlegte Dr. Hutmacher.

„Neben mich", meldete sich Julia.

„Aber der Platz ist doch schon besetzt."

„Nein, nein, nicht wirklich, Heike wollte sich sowieso umsetzen. Stimmt's Heike?"

Wollte sie nicht. Aber da Heike immer tat, was Julia sagte, nickte sie nach einer kurzen Pause. „Äh, ja."

„Heike sieht furchtbar schlecht und wollte schon lange weiter vorne sitzen", erklärte Julia eifrig und half Heike dabei, ihre Sachen zusammenzupacken. „Immer muss ich ihr vorlesen, was auf der Tafel steht."

Heike hatte Augen wie ein Adler, aber sie nickte brav.

Dr. Hutmacher rieb zufrieden die Hände. „Also gut, dann setzt sich Thorben auf den Platz, der gerade geräumt wird. Aber wo setzen wir die junge Dame hin, die nicht so gut sieht?" Sein Blick fiel auf einen Tisch in der ersten Reihe. Dort hockte Streber-Rino. Er saß immer allein, sprach nicht viel und konzentrierte sich voll auf den Unterricht. Außerdem gehörte er zu der fiesen Sorte, die immer alles wusste, aber das Wissen niemals teilte. Abschreiben war bei ihm ausgeschlossen. Niemand wollte neben ihm sitzen. Dr. Hutmacher deutete auf den freien Platz. „Dann setz dich doch hierhin, zu diesem jungen Mann."

Heike hockte sich neben Rino und warf Julia einen bitterbösen Blick zu. Wenn Blicke töten könnten, wäre Julia augenblicklich mausetot unter ihr Pult gerutscht. Doch die strich nur ihre langen blonden Haare zurück und blinkerte ihren neuen Platznachbarn mit ihren großen geschminkten Augen an.

In der großen Pause stürmte Thorben sofort auf Carolin und Lina zu.

„Hey, cool, dass wir in einer Klasse sind", meinte er gleich und lächelte sein Lausbubenlächeln.

Carolin biss in ihren Apfel. „Finden wir auch, stimmt's Lina", nickte sie schmatzend.

Doch Lina guckte nur angestrengt auf ihr Pausenbrot, als sei ein mit Käse belegtes Mehrkornbrötchen das Spannendste, das sie jemals in ihrem Leben gesehen hatte.

„Ich war voll überrascht", meinte Carolin und mampfte weiter. „Das hast du gar nicht erzählt, als wir uns das letzte Mal auf Lindenhain getroffen haben."

„Ich wusste auch nicht, dass ich zu euch komme", erklärte Thorben. „Das war sozusagen ein glücklicher Zufall." Er rieb sich erwartungsvoll die Hände. „Ihr müsst mir unbedingt gleich alles erzählen, wie's hier so abgeht und so."

„Klaro."

„Heiiia!", flötete Julia zuckersüß, als sie bei Heike untergehakt an ihm vorbeiging.

Thorben grinste. „Was ist das denn eigentlich für eine Schreckschraube?" Er schüttelte sich. „Die riecht wie ein ganzer Kosmetikladen. Wenn ich da lange sitzen muss, krieg ich Asthma."

Carolin prustete los. „Das ist Julia Schlupf. Unsere Miss Klassenzimmer. Dafür hält sie sich zumindest."

„Aha", kommentierte Thorben, dann wandte er sich an Lina. „Schön, dass du auch in der gleichen Klasse bist, Lina."

„Hm", machte Lina nur kurz und widmete sich weiterhin nur ihrem Brot.

Thorben fuhr sich durch seine kurzen Haare. „Ist nämlich ziemlich doof, wenn man in eine neue Klasse kommt und überhaupt keinen kennt, da hab ich ja echt Glück gehabt."

Carolin nickte, Lina biss in ihr Brot.

„Wär cool, wenn ihr mir zeigen könntet, was sonst in Lilienthal so angesagt ist. Also abgesehen von der Schule."

„Kein Problem", nickte Carolin. „Schätze, wir werden uns auch öfter mal auf Lindenhain sehen."

„Cool." Thorben schob seine Hände in die großen Taschen seiner beigen Cargo-Hose und sah sich unschlüssig um. „Tja, man sieht sich dann", meinte er schließlich und stiefelte weiter zu den anderen, die sich sogleich mit Freuden auf ihn stürzten.

Carolin betrachtete Lina. „Ist doch klasse, dass Thorben bei uns ist." Sie zwinkerte Lina zu. „Du fandest ihn doch die ganze Zeit schon süß."

Lina warf Carolin einen bitterbösen Blick zu. Ihre grünen Augen funkelten wild. „Hab ich nicht", giftete sie. „Erzähl nicht so einen Müll!"

Carolin blickte die Freundin erstaunt an. „Aber sicher hast du! Damals, als wir ihm zum ersten Mal auf Lindenhain begegnet sind, mit seinem Vater. Ich erinnere mich noch ganz genau, was du gesagt hast, und zwar: ‚Ist der nicht total niedlich?' Das waren exakt deine Worte, Lina Schniggenfittich. Leugnen ist vollkommen zwecklos!"

Linas Augen funkelten jetzt so dunkelgrün wie ein dichter Tannenwald. „Caro, halt einfach die Klappe und verschon mich mit deinen doofen Sprüchen, okay?" Sie drehte sich um, knallte ihr Pausenbrot in den Mülleimer und hockte sich auf die Treppe vor der Eingangstür.

Carolin sah ihr verwirrt nach. *Was ist denn mit Lina los? Warum geht sie ab wie eine Rakete wegen nichts? Ich muss sie mir nach der Schule mal vorknöpfen,* beschloss Carolin und spazierte zu dem Grüppchen, das sich inzwischen um Thorben geschart hatte und ihn ausquetschte.

Tina war gerade an der Reihe. „Was ist eigentlich deine Lieblingsspeise, Thorben? Magst du lieber süß oder sauer?"

„Warum, willst du mir was kochen? Rote Grütze mit Vanillesahnesauce."

Tina klatschte sich begeistert auf ihre Schenkel. „Genau wie meine." Obwohl – streng genommen – eigentlich alles Tinas Lieblingsspeise war.

„Und was machst du sonst noch so? Ich meine Sport – und ausgehtechnisch?", wollte Julia wissen. „Wo hängst du so in deiner Freizeit ab?"

„In meiner alten Schule hatten wir eine American Football-Mannschaft, das fand ich ziemlich genial", antwortete er brav.

„So ein Zufall. Ich wollte mich gerade für einen Cheerleader-Kurs anmelden." Julia drehte sich um ihre eigene Achse. „Ich bin sicher, ich hab das ganz schnell drauf! Schließlich hatte ich ja auch jahrelang Ballettunterricht und Jazzdance. Und mein Lehrer meinte, ich sei sehr begabt."

„Dein Vater ist Tierarzt auf Lindenhain, oder?", fragte nun Heike.

Thorben nickte.

Julia sah ihn mit großen Kulleraugen an. „Wie spannend! Ich liebe Tiere. Da habt ihr bestimmt das ganze Haus voller Tiere, die dein Vater pflegen muss!"

„Nur den Kühlschrank."

„Oh."

Thorben gab selbst auf die dämlichsten Fragen bereitwillig Auskunft. Doch zwischendurch schielte er immer mal wieder hinüber zu Lina, wie Carolin wohlwollend feststellte. Und ab und zu guckte verstohlen Lina zurück. Aber nur kurz, dann drehte sie ihren Kopf schnell wieder zurück.

„... und Action“

So schnell konnte Carolin gar nicht reagieren, wie Lina Sekunden nach dem Schulschluss-Gong aus dem Klassenzimmer düste. Ein kurzer Abschiedsgruß, ein kurzes Nicken, weg war sie!

Carolin wollte ihr nachlaufen, doch da waren Linas weite schwingende Röcke bereits um die Ecke verschwunden. *Komisch!* Carolin packte nachdenklich ihre Schulsachen zusammen. *Lina ist schon die ganze letzte Zeit über so seltsam. Irgendwie angespannt. Wann habe ich Lina zuletzt auf Lindenhain gesehen?,* überlegte sie. *Einmal, neulich zusammen mit Nick, das war's auch schon. Da war sie aber auch so komisch. Schreckhaft. Irgendwie wie weggetreten. Das letzte Mal, als Lina komisch drauf war, ging es Ami nicht gut.* Ami war Linas Großmutter. Sie besaß magische Kräfte und war eine Heilerin und Hexe. *Ob es Ami wieder schlechter geht?,* überlegte Carolin weiter. Aber das hätte Lina bestimmt gesagt. Oder doch nicht? Letztes Mal hatte sie es auch lange für sich behalten. Carolin schulterte ihre Tasche. *Ich muss mir Lina unbedingt vorknöpfen!*

Während Carolin von der Schule heimradelte, fiel ihr auf einmal ein, dass sie vor lauter Schulstress nur Tina von ihrer Filmkarriere erzählt hatte. Sonst keinem. Nicht einmal Lina. Carolin pustete in die Luft. *Na, super,* dachte sie enttäuscht, als sie wieder vor der geschlossenen Bahnschranke warten musste. *Da hatte man schon mal die tollsten Nachrichten der Welt und keiner wollte sie hören. Aber was konnte man auch von einem Tag erwarten, der mit einer geschlossenen Bahnschranke begann! Egal, jetzt wird Karriere gemacht!* So beschloss Carolin, gleich mitsamt ihrer Schultasche weiter nach Lindenhain zu radeln. Sie stoppte nur ganz kurz bei der Bäckerei Bauer, um sich ein dick belegtes Käse-Sandwich zu holen, das sie unterwegs verschlang.

Auf Lindenhain suchte sie sofort den ganzen Hof ab, bis sie Mike schließlich in Gunnars Büro fand. Gunnar war nicht da. Mike blätterte in einem Ordner.

„Hi“, grüßte Carolin atemlos und wühlte das Formular aus ihrer Schultasche hervor. „Hier. Meine Mutter hat alles unterschrieben.“

„Prima.“ Mike packte das Blatt in den Ordner, der offen auf dem Schreibtisch lag.

Carolin wartete auf eine weitere Reaktion, doch es kam keine. „Von mir aus kann’s jetzt losgehen“, fügte sie hinzu.

„Okay. Ihr seid später dran. Ich geb dir Bescheid, wenn deine Szene gedreht wird“, erwiderte Mike nur kurz.

„Ach so.“ Carolin wandte sich zum Gehen, doch dann überlegte sie es sich noch einmal anders. „Was genau muss ich eigentlich tun? Ich meine, muss ich was sagen?

Das müsste ich ja dann auswendig lernen? Oder was üben? Was muss Sternentänzer tun?"

„Tja." Mike kratzte sich am Kopf. „Es reicht im Prinzip, wenn dein Pferd einen dreifachen Salto rückwärts kann." Er sah sie ernst an. „Und das kann es doch, oder?"

Carolin starrte Mike mit großen Augen an. „Äh, nein ... ich dachte, das hätten wir geklärt! Wenn Sternentänzer komische Sachen machen muss, dann ohne mich."

Nun grinste Mike. „He, Süße, das war nur ein kleiner Scherz am Rande. Keine Sorge! Ihr müsst beide nur hübsch aussehen und durch die Szene reiten. Hübsch aussehen tut ihr ja. Ach, und du solltest möglichst nicht runterfallen, aber ich geh mal davon aus, dass du das hinkriegst."

Carolin nickte erleichtert.

Mike klappte den Ordner zu. „Mein Magen knurrt wie ein alter Hund, wie sieht's aus? Gehst du mit mir essen?"

„Ich hab gerade schon ein dickes Sandwich verdrückt", gestand Carolin.

„Ach was!" Mike schob sie zur Tür hinaus. „Dann leistest du mir eben Gesellschaft."

Das Essen für die Filmcrew gab es im Gemeinschaftsraum. Ein Feinkostladen aus Grünstadt hatte dort ein Büfett mit lauter Köstlichkeiten aufgebaut. Staunend schlich Carolin hinter Mike an den vollen Platten vorbei. Auf langen Tischen waren Krabbencocktails, Langusten, feine Salate, Lachsschnittchen und Spagetti mit sahniger

Pilzsoße aufgetürmt wie Kunstwerke. Auf dem letzten Tisch lagen kleine Süßigkeiten, verziert mit Kirschen, Schokostückchen und kandierten Früchten. Staunend sah sich Carolin um. *Tina würde ausflippen,* dachte sie schmunzelnd.

„Nimm dir einen Teller, Süße, ein paar Krabben haben immer noch Platz", riet ihr Mike, doch Carolin lehnte dankend ab. *Ihhh, ich ess doch keine Tiere, die aussehen wie rosa Engerlinge oder Raupen, auch wenn sie aus dem Wasser kommen!* Carolin nahm sich nur eine Cola und setzte sich zu Mike an den Tisch.

Am Nebentisch hockte die blonde Pferdeallergiefrau. Sie hatte ihren Teller turmhoch mit Langusten gepackt, die sie mit den Fingern genüsslich verspeiste.

„Also wisst ihr, ich finde diesen Drehort ja nicht besonders gut ausgewählt", schmatzte sie lauthals, während sie die Schalen auf ihrem Teller ordnete. „Es geht ja drunter und drüber auf diesem eigenartigen Hof. Keine Ordnung, keine Disziplin, keine Kontrolle!" Sie legte die Hand, die nicht mit den Langusten beschäftigt war, auf Mikes Arm. „Nichts gegen dich, Mike, du kannst ja nichts dafür. Der Fisch stinkt vom Kopf weg, wie es so schön heißt." Sprach's und biss in den Schwanz.

„Aber liebste Valeria. Du bist doch ein Profi, du kannst dich doch jederzeit und überall anpassen", schleimte Mike. „In welcher Umgebung auch immer."

Valeria überhörte den ironischen Unterton und stieß geschmeichelt ein schrilles Kichern hervor. „Das schon, natürlich. Aber manchmal wird es einem halt besonders schwer gemacht." Sie zog einen Strohhut hervor, den sie neben sich auf den Stuhl gelegt hatte. „Hier, sieh dir das mal an.“ Der Hut hatte ein gewaltiges Loch an der Seite. „Das ist bereits mein zweiter Hut, der hier angefressen wurde. Unglaublich! Ich habe noch nie so ungezogene Pferde erlebt.“

Carolin konnte sich das Kichern kaum verkneifen. Das sah ganz deutlich nach der dicken Sophia aus! Sophia war ein schwarz-weiß geflecktes Shetlandpony, das auf Lindenhain lebte und so ziemlich alles verspeiste, was nicht niet- und nagelfest war. Sie machte selbst vor Strohhüten nicht Halt.

„Unglaublich.“ Valeria tauchte ihre Finger in ein Schälchen mit Zitronenwasser, trocknete sie sorgfältig ab und versorgte sie noch mit einem Klecks Handkreme. Dann stand sie grußlos auf und verschwand. In der Tür stieß sie auf einen mürrisch wirkenden bärtigen älteren Herrn, der sich bei ihr einhakte und mit ihr nach draußen ging.

Carolin sah ihr nach. „Wer war das eigentlich?“

Mike spießte mit der Gabel eine Krabbe in seinem Krabbencocktail an. „Valeria Herrares? Sie spielt die Edelfrau Krimhilde im Film. Eine ziemlich bekannte Schauspielerin.“

„Nie gehört.“

„Sie ist etwas schwierig, launenhaft, aber wirklich eine gute Schauspielerin.“

„Und wer war der Mann?“

„Das war Guido. Er spielt in unserem Film ihren Vater. Ein bisschen schräg drauf, wie vermutlich die meisten Filmleute.“

Als Mike gerade aufstehen wollte, kam ein zierliches Mädchen mit einem langen kastanienbraunen Zopf und wunderschönen Katzenaugen. Sie trug ein schlichtes braunes Kleid und eine auffallende Kette um den Hals. Mit zwei Küssen auf die Wange begrüßte sie Mike. „He Mike, bist du auch wieder dabei, wie schön!“ Sie reichte Carolin die Hand. „Hi, ich bin Tessa.“

„Hi Tessa.“ Carolin mochte Tessa auf Anhieb. Sie war ein erfrischender Gegensatz zu der aufgetakelten Valeria. Außerdem erinnerte sie sie mit ihren wilden Haaren ein wenig an Lina.

„Mal sehen, was es zu essen gibt, bis dann, ihr zwei.“

„Der Krabbencocktail ist lecker“, rief ihr Mike noch nach. „Kann ich nur empfehlen.“

„Und wer war das?“

„Tessa Lindgren. Sie spielt das Mädchen Margarita mit den magischen Kräften aus dem Wald, in das sich der Held verliebt.“ Mike sah auf die Uhr. „Jetzt aber zackig. Gleich hast du deinen großen Auftritt!“

Witzig, dachte Carolin, als sie ging, um in ihr Filmkostüm zu schlüpfen. *Diese Tessa sieht Lina nicht nur ein wenig ähnlich, sie hat auch mit Magie zu tun. Komischer Zufall!*

„... und Action!“ Örigson kauerte auf einem Regiestuhl, hielt eine Klappe in der Hand und gab Anweisungen. Heute trug er wieder seinen Schlapphut. „Der Held, das Mädchen und die Edelfrau, Pferdeszene, die erste.“

Überall standen hell erleuchtete Scheinwerfer und riesige Kameras.

Carolin wartete mit Sternentänzer hinter dem Stall. Ihre Aufgabe war es, im Gefolge des Helden über den Platz zu reiten. Inzwischen trug sie einen roten Umhang und auf dem Kopf einen Helm, unter dem sie bereits nach ein paar Minuten fürchterlich schwitzte. Carolin drückte sich an Sternentänzer. Sie war schrecklich nervös, doch das warme Fell ihres Pferdes beruhigte sie ein wenig. „Einfach nur mitreiten, das ist doch ein Kinderspiel, stimmt's, Sternentänzer! Das kriegen wir locker hin. Wir haben schon ganz andere Dinge hingekriegt", murmelte sie vor sich hin, mehr um sich selbst, als um dem Pferd Mut zu machen. Sie stieg von einem Bein auf das andere.

In diesem Moment kam eine geduckte Gestalt auf sie zu. „Los, los, Caro, du bist dran!"

„Was soll ich machen?" Dreimal hatte ihr Regieassistent Toni erklärt, was sie zu tun hatte, zweimal hatte sie die Szene mit Mike geprobt, doch plötzlich war alles wie weggeblasen. In ihrem Kopf war ein Loch.

„Setz dich einfach nur auf dein Pferd und reite durch das Bild", erklärte Toni. „Los!"

„Alles klar!" Carolin versuchte sich auf Sternentänzers Rücken zu schwingen, doch es gelang ihr nicht. Sie rutschte immer wieder aus dem Steigbügel. Sie biss sich auf die Lippen. „Schlimmer als ein blutiger Anfänger", tadelte sie sich. „Reiß dich zusammen, Carolin Baumgarten!" Doch sie schaffte es einfach nicht, auf das Pferd zu kommen. Sternentänzer stand völlig ruhig da.

„Los, los!“, drängelte Toni. „Komm schon! Die warten alle auf dich!“

Einmal tief durchatmen. Dann ein neuer Versuch. Nichts zu machen. Carolin schaffte es nicht hoch. Sternentänzer stupste sie ganz sanft an. Mach schon, sollte das heißen.

„Nein, so geht das nicht! Schluss, Schluss!“, hörte sie von weitem Örigsons Stimme über den Hof donnern. „Wo bleibt der weiße Reiter? Vat Vagel!“

Hä? Vat Vagel! Was bedeutet das denn? Da muss ich Mike mal fragen!

Toni nahm den Lautsprecher. „Sie kommt nicht auf ihr Pferd“, brüllte er über den ganzen Hof und Carolin wäre am liebsten im Erdboden versunken. Sie drückte ihr Gesicht gegen Sternentänzers Fell. In ihrem Hals steckte eine Kröte so dick wie ein Fußball. *So eine Pleite!*

„Hey, Süße!“ Mike stand neben ihr. „Was ist denn los?“

„Ich komm nicht in den Sattel“, murmelte Carolin in Sternentänzers Fell. „So was Peinliches ist mir noch nie passiert.“

„Ach was“, Mike legte eine Hand auf ihre Schulter. „Das ist ganz normal. Lampenfieber nennt man das.“

„Ich kann nicht mehr aufsitzen“, wiederholte Carolin immer wieder, den Tränen nahe.

Mike fuhr ihr tröstend über die Haare. „Hey, Süße, ich hab da schon ganz andere Dinge erlebt. Bei einer Produktion hatten wir eine Dame, die wusste nicht mehr, wie ihr Hund hieß, als die Scheinwerfer angingen. Ein anderes Mal drehten wir mit einem Katzenfreak, der hatte seit Urzeiten Katzen bei sich zu Hause. Und dann plötzlich, als er seinen ersten Auftritt mit seinem Kater vor der Kamera haben sollte, bekam der Typ glatt eine Katzenallergie. Sein ganzer Körper - über und über voller roter Flecken. Meine Herren!“ Mike grinste. „Der sah aus wie ein Streuselkuchen und hatte tierisch Angst, dass er jetzt seine Katzen weggeben müsste.“

Carolin wandte sich um. „Und was ist dann passiert?“

„Nach zwei Drehtagen hatte sich die Dame an die Kameras und die Lichter gewöhnt und sie erinnerte sich wieder an den Namen ihres Hundes. Bienchen von Schwarzholz hieß das Tier, weiß ich noch ganz genau.“

„Und der Mann mit den Katzen?“

„Der sah nach ein paar Tagen auch wieder ganz normal aus. Alle roten Punkte waren wie weggezaubert. Du siehst, du bist nicht die Einzige, die Lampenfieber hat. Aber es geht vorbei.“

„Echt?“

Mike strich ihr sanft über den Rücken. „Versprochen. Sollen wir eine kurze Pause machen? Vielleicht was trinken gehen?“

„Nein.“ Carolin zog die Schultern zurück, biss die Zähne zusammen und schüttelte entschlossen den Kopf. „Wir können weitermachen. Ich pack das jetzt. Das wär ja gelacht.“

„Okay.“ Mike gab Örigson ein Zeichen.

„Der Held, das Mädchen und die Edelfrau, Pferdeszene, die zweite.“

Diesmal schaffte es Carolin immerhin bis in den Sattel und es gelang ihr auch, loszureiten. Doch sie schaute sich immer wieder unsicher um und wirkte ziemlich verloren auf ihrem Pferd. Je mehr sie sich bemühte, nichts falsch zu machen, desto mehr machte sie verkehrt.

Mike nahm sie ins Gebet. „So wird das nichts, Carolin! Du sitzt da oben wie ein Verzweifelter auf einem Schleudersitz. Du musst viel lockerer sein. Überlass alles deinem Pferd. Es muss nur den anderen hinterherlaufen. Also, das tun, was es instinktiv tun würde. Du solltest allerdings darauf achten, dass dein Pferd möglichst dicht an den anderen dranbleibt und den Anschluss nicht verliert. Ansonsten tu einfach so, als würdest du ganz normal mit ihm ausreiten. Vergiss die Kameras."

„Alles klar", nickte Carolin und gab ihr Bestes, um sich an Mikes Anweisungen zu halten. Nach ein paar weiteren Versuchen klappte es schließlich. Im Fernsehen sah alles viel einfacher aus.

Als Örigson dann Stunden später rief: „... und Action, der Held, das Mädchen und die Edelfrau, Pferdeszene, die sechzehnte", war die Szene im Kasten.

Nach zwei Tagen hatte sich Carolin an die Kameras, die Lichter und die Filmleute gewöhnt und es machte ihr sogar richtig Spaß. Die anfängliche Nervosität schien wie weggeblasen.

Am liebsten hätte sie Örigson und Mike den ganzen Tag bei der Arbeit zugeschaut, doch sie hatte Ines ja fest versprochen, dass die Schule nicht leiden sollte. Aber sofort nach der Schule düste sie mit Volldampf zu den Dreharbeiten. Das Mittagessen verlegte sie in den

Gemeinschaftsraum. Mike hatte sie sogar dazu überreden können, die Langusten zu probieren. Eher eklig! Aber die Lachsschnittchen schmeckten gar nicht übel und an den Parma-Schinken konnte man sich auch gewöhnen. Meistens leistete ihr Mike Gesellschaft, manchmal aber auch Tessa oder Ingo. Ihre Hausaufgaben erledigte sie auch auf Lindenhain, so gut es eben ging. Meistens mehr schlecht als recht. Es war wie eine eigene kleine Welt, in der sich Carolin mittlerweile schon richtig zu Hause fühlte. Sobald sie den Hof betrat, schrie ihr aus jeder Ecke jemand vom Filmteam zu: „Hallo, Caro, wie geht's?" und winkte.

Auch Sternentänzer schien großen Spaß an der Sache zu haben. Denn er scharrte immer noch freudig mit den Hufen und trabte leichtfüßig los, wenn ihn Carolin in ihrem Kostüm aus dem Stall holte. Als die Szenen auf dem Hof abgedreht waren, ging's an die Außenaufnahmen. Hier musste sie zusammen mit drei anderen Reitern über die Felder und durch den Wald jagen. Das reinste Vergnügen für Pferd und Reiter! Carolin genoss jede Minute und das Filmteam war hellauf begeistert von ihr und Sternentänzer.

„Süße, wenn das mit der Schule nicht klappt, könnt ihr bei mir anheuern, du und dein Sternentänzer", sagte Mike immer, wenn sie ihm begegnete. „Ich vermittle euch zu allen Pferdeproduktionen der Filmwelt. So ein geniales Duo wie ihr seid, ist mir noch nie begegnet. Dein Pferd ist wunderschön und man merkt gleich, dass ihr ein eingespieltes Team seid. Örigson findet euch auch klasse. Bei seiner nächsten Produktion steht ihr zwei ganz oben auf seiner Liste der Mitwirkenden, hat er versprochen."

„Cool!" Carolin platzte schier vor Stolz. Sie konnte nicht ahnen, dass sich über ihrem Kopf bereits dicke, dunkle Gewitterwolken zusammenbrauten.

Wenn sie nicht gerade drehte oder beim Drehen zusah, widmete sich Carolin ausgiebig Sternentänzers Fellpflege. Schließlich sollte ihr Pferd hübsch aussehen, wenn es alle Welt im Kino zu Gesicht bekam. Außerdem war Sterntänzer nach den Außendrehs meist ziemlich schmutzig. Sie begann damit, sein Fell mit der Wurzelbürste und dem Gummistriegel zu bearbeiten, dann nahm sie die Kardätsche. Nach jedem Bürstenstrich streifte sie die Kardätsche an einem Eisenstriegel ab. Als sie damit fertig war, verlas sie Mähne und Schweif. Danach nahm sie sich die Hufe vor. Sternentänzer hielt ganz still. Vorsichtig hob Carolin ein Bein nach dem anderen und kratzte die Hufe sorgfältig aus, um alle Steinchen und Halme zu entfernen, die er sich eingetreten hatte. Zum Schluss wischte sie sein herrliches Fell noch mit einem feuchten Tuch ab und säuberte mit dem Schwamm Nüstern und Augen. Dann endlich waren die Streicheleinheiten dran. Sternentänzer genoss diese Stunden. Er peitschte fröhlich seinen Schweif hin und her und knabberte Carolin zärtlich an, sobald er sie zwischen die Zähne bekam.

„Hi Caro. Die draußen nerven mich gerade alle, kann

ich dir ein bisschen Gesellschaft leisten? Ich bin auch bestimmt ganz leise und stör dich nicht", ertönte eines Nachmittags Tessas Stimme hinter ihr im Stall.

„Klar!"

„Prima." Tessa hockte sich auf eine Holzkiste und zog die Beine an. „Ich verstehe nicht sehr viel von Pferden, aber deins ist schon ein besonders schönes Exemplar. Dieser edle Kopf und der schlanke Körper."

„Danke", sagte Carolin und war mächtig stolz.

„Das ist doch bestimmt eine Menge wert. Wie kommt so ein junges Mädchen wie du an so ein teures Pferd?"

„Och, das ist eine sehr, sehr lange Geschichte." *Die mit einem Gauner namens Frank Stone und einem Geheimnis anfing und die ich bestimmt nicht erzählen werde,* dachte Carolin.

„Verstehe", nickte Tessa. Sie deutete auf den kleinen schwarzen Stern. „Ich hab mal irgendwo gelesen, dass Pferde mit so einem Abzeichen ganz außergewöhnliche Tiere sein sollen."

„Kann schon sein."

„Mir bedeuten Pferde nicht so viel. Nicht, dass ich eine Allergie hätte wie die hysterische Valeria, aber die Vierbeiner sind einfach nicht meine Welt", meinte sie. Wie sie da so saß – mit den angezogenen Beinen, den grünen Augen und den wilden Haaren –, konnte man fast meinen, es wäre Lina. „Nur früher, als ich klein war, hatte ich eine Pferdephase. Ich wollte unbedingt ein eigenes Pferd haben. Schätze, jedes Mädchen erlebt früher oder später so eine Phase."

Carolin kicherte. „Valeria bestimmt nicht."

„Kann ich mir auch nur schwer vorstellen. Meine Eltern erlaubten es dann nicht. ‚Das ist zu teuer, du kümmerst dich ja doch nicht drum, du vernachlässigst die Schule.‘ Das ganze übliche Blabla eben.“ Tessa lächelte. „Wahrscheinlich hatten sie sogar Recht.“

„Ich hatte echt Glück“, nickte Carolin.

Tessa drehte den Kopf zur Seite. *Unglaublich, sie hat sogar ein ähnliches Profil wie Lina!* „Meine beste Freundin sieht dir übrigens total ähnlich“, sagte Carolin dann. „Sie heißt Lina und hat ebenfalls eine magische Ader. Zumindest ihre Großmutter! Die heißt Ami und ist die coolste Oma der Welt.“

„Ach ja.“ Tessa grinste. „Weißt du, ich dagegen hab im wirklichen Leben mit dem ganzen Magiekrempel überhaupt nichts am Hut“, erzählte sie leichthin. „Ich war EDV-Spezialistin, bevor mich so ein aufdringlicher Talentsucher auf der Straße angequatscht hat. Computer, Bites und Bytes und Websites, das ist meine Welt. Nüchtern, berechenbar, kontrollierbar. Leider haben die in der Firma meinen Job wegrationalisiert und deshalb muss ich jetzt hier auf Waldfee machen.“

„Aber Schauspielerin ist doch ein Traumjob“, wunderte sich Carolin.

„Pah!“, wehrte Tessa ab. „Von wegen. Die meiste Zeit sitzt du rum und wartest. Alles nur schöner Schein.“ Sie fingerte an ihrem langen Zopf herum. „Das Teil hier ist auch nur angeschweißt. Eigentlich sind meine Haare nicht viel länger als deine.“ Sie zwinkerte Carolin zu. „Ich hasse lange Haare. Vor allem im Sommer. Voll unbequem.“

Carolin grinste. „Ich weiß, was du meinst."

Tessa stand auf. „Dann verzieh ich mich mal wieder und nerv dich nicht länger."

Carolins Blick folgte ihr, bis sie durch die Stalltür nach draußen verschwunden war. *Ich muss mich unbedingt um Lina kümmern,* beschloss sie. *Unbedingt!*

Tessa war noch keine fünf Minuten weg, da erschien Mike im Stall. „Jetzt ist gleich die Bachszene dran. Sollen wir die proben oder bekommt ihr zwei das auch so hin?"

Carolin hatte gerade einen halben Eimer Futter für Sternentänzer geholt. „Ach was. Überhaupt kein Problem. Stimmt's, Sternentänzer? Wir sind ja jetzt schon Filmprofis."

Sternentänzer knabberte genüsslich weiter und reagierte nicht.

„Also, es sieht so aus: Die Pferde galoppieren durch den Wald, anschließend durch den Bach und dann wieder weiter durch den Wald, that's it", erklärte Mike. „Sie jagen Kunibert hinterher, der in eine Schlacht zieht."

„Das haben wir zwei schon zigmal gemacht", erklärte Carolin großspurig. „Keine Sorge."

Mike hob einen Strohhalm auf und kaute darauf herum. „Es gibt Pferde, die scheuen vor Wasser."

„Sternentänzer doch nicht! Wir sind erst vor kurzem durch den Bach geritten. Außerdem waren wir sogar schon zusammen schwimmen im See."

Mike spuckte den Halm aus. „Alles klar, dann sehen

wir uns später. Wir treffen uns am Waldrand, du weißt schon wo." Mit großen Schritten eilte er aus dem Stall.

Carolin drückte Sternentänzer ein Küsschen auf das feuchte Maul. „Was der von uns denkt. Wir haben doch vor einem kleinen Bach keine Angst." Carolin drehte sich um und suchte nach Sternentänzers Decke. So bemerkte sie nicht, dass Sternentänzer auf einmal aufgeregt die Nüstern blähte und den Kopf heftig hin und her bewegte. Er bleckte seine Zähne und peitschte mit dem Schweif. Plötzlich begann er sogar unruhig hin und her zu tänzeln.

„Ist ja gut, Sternentänzer, gleich geht's los. Ich muss mir nur noch mein Kostüm anziehen."

Sternentänzer wieherte ihr laut nach, als sie aus dem Stall lief. Doch Carolin freute sich viel zu sehr auf ihre Szene, als dass Sternentänzers Verhalten sie beunruhigt hätte.

Als sie den Hengst kurz darauf auf den Hof hinaus führen wollte, warf er seinen Kopf hoch und runter und wollte nicht mit. Carolin zog so stark sie konnte. „Was ist denn heute los mit dir?" Sie kicherte. „Hast du vielleicht schon Starallüren? Willst du nur noch auf einem roten Teppich über den Hof traben? Komm schon, Sternentänzer, die warten alle auf uns."

Doch Sternentänzer zickte weiter. Er machte ein paar Schritte nach rechts, ein paar nach links, warf seinen Kopf nervös hin und her und wieherte laut. Einmal schlug er sogar nach hinten aus.

Carolin seufzte. „Sternentänzer, komm, los! Die warten doch alle."

Schließlich gelang es ihr, Sternentänzer mitzuziehen. Unwillig trottete er hinter ihr her.

„Siehst du, es geht doch", flüsterte sie in seine Samtohren. „Danach kriegst du auch ein ganz besonderes Leckerli."

Als Carolin bei der verabredeten Stelle am Waldrand eintraf, wartete das Filmteam bereits. Örigson saß wie immer in seinem Regiestuhl, im Mundwinkel hing eine Zigarette. „Na endlich", brummte er, als er Carolin kommen sah.

„... und Action! Der Held, das Mädchen und die Edelfrau, Bachszene, die erste" rief er.

Carolin stieg auf. Sternentänzer war anders als sonst. Er tippelte unruhig hin und her, tänzelte im Kreis und schnaubte laut. Carolin klopfte liebevoll auf seinen Hals. „Schscht, mein Schöner. Ist ja gut! Wenn wir gleich losreiten, wirst du bestimmt ruhiger! Wir galoppieren durch den Wald, das magst du doch so."

„Und los!", kommandierte Mike.

Carolin und die anderen Reiter ritten los. Doch Sternentänzer beruhigte sich nicht, ganz im Gegenteil. Er zappelte weiter herum und ignorierte Carolins Hilfen. Sie waren inzwischen die Letzten in der Reiterschar. Dann gelangten sie an den Bach. Sternentänzer scheute, blieb abrupt stehen und stieg. Carolin hatte große Mühe, sich festzuhalten. So hatte sie ihr Pferd noch nie erlebt. „Brrrrr!" Nichts zu machen. Carolin glitt aus dem Sattel, redete ganz sanft auf Sternentänzer ein, deckte seine Augen mit der Hand zu und zog seinen Kopf nach unten, sodass sie ihm ins Ohr flüstern konnte. „Schscht,

Sternentänzer, schscht!" Doch alle Versuche, den Hengst zu beruhigen, blieben total erfolglos. Er wurde nur noch wilder.

„Was ist denn?", hörte sie Mikes Stimme. Der gleich darauf angelaufen kam.

Carolin streichelte über Sternentänzers Nüstern. „Keine Ahnung. Er will nicht durch den Bach. Er weigert sich. Ich kann gar nichts machen", brachte Carolin stockend hervor.

„Ich dachte, ihr seid schon zigmal hindurchgeritten?", wunderte sich Mike. Seine Stimme klang genervt.

Carolin nickte ratlos. „Sind wir auch. Erst vor ein paar Tagen mit Nick und Marhaba. Ich weiß echt nicht, warum er sich jetzt auf einmal so aufführt. Vielleicht hat ihn was erschreckt."

Mike schnaufte tief durch. „Also gut, dann eben noch einmal! ... Sven", er sprach mit Örigson über ein Funkgerät. „Alles klar. Jaja, ich weiß. Alles unter Kontrolle."

Carolin führte Sternentänzer zurück zur Waldlichtung. „Ganz ruhig, Sternentänzer! Das kriegen wir schon hin, keine Angst", raunte sie ihm zu. Doch sie merkte, dass der Hengst sich keineswegs beruhigt hatte.

„... und Action! Der Held, das Mädchen und die Edelfrau, Bachszene, die zweite" rief Örigson.

Der zweite Versuch endete genau gleich wie der erste. Sternentänzer scheute am Bach, bäumte sich auf und war um nichts in der Welt, dazu zu bewegen, den Bach zu durchqueren. Er starrte auf das Wasser, als wäre es sein größter Feind. Carolin holte ihm eine Hand voll Wasser, das er trank. Aber er weigerte sich hartnäckig, auch nur einen Huf ins Wasser zu setzen. Genauso beim dritten, vierten und fünften Versuch. Beim sechsten Mal war Örigson richtig sauer. Er knallte die Klappe vor Mikes Füße.

„Hab ich's denn hier nur mit Anfängern zu tun? Dieses Pferd ist ganz offensichtlich total wasserscheu", knurrte er. „Kann man so was nicht vorher rausfinden? Müssen wir erst sechs Aufnahmen vergeigen? Vat vagel, vat vagel, vat vagel!" Er rupfte seinen Schlapphut vom Kopf und pfefferte ihn ebenfalls auf den Boden.

„Sorry, Boss." Mike zuckte nur mit den Schultern. Carolin stand neben ihm wie ein begossener Pudel. Sie konnte sich Sternentänzers Verhalten am allerwenigsten erklären. Eins stand allerdings fest: Sternentänzer war mit hundertprozentiger Sicherheit ganz und gar nicht wasserscheu.

Örigson marschierte ein paar Schritte auf und ab und zog in schnellen Zügen an seiner Zigarette. „Also gut", er schnippte die Kippe weg, trat sie aus und hockte sich wieder auf seinen Regiestuhl. „Dann drehen wir die Bachszene eben ohne den weißen Hengst."

Mike bückte sich und reichte ihm die Klappe und den Schlapphut. Dann sah er Carolin an und zuckte mit den Schultern. „Du hast es ja gehört, ihr zwei seid für heute entlassen."

Betrübt schwang sich Carolin auf Sternentänzer und trabte zurück nach Lindenhain. Doch selbst auf dem Rückritt ließ sich Sternentänzer nicht beruhigen, er war nervös, versuchte sogar einmal auszubrechen und legte die Ohren nach hinten. Als sie beim Stall eintrafen, war

Carolin zutiefst besorgt. Sie brachte ihn in seine Box und rieb ihn trocken. Dabei merkte sie, dass sein Herz wie ein Trommelfeuer schlug und sein Körper vibrierte.

„Was ist denn bloß los mit dir, Sternentänzer?“, fragte sie beunruhigt, während sie ihn striegelte. „Fehlt dir was, oder hast du heute nur einen schlechten Tag, hm? Geht mir auch manchmal so. Du stehst einfach mit dem falschen Fuß auf.“ Carolin hielt ihm eine Hand voll Leckerli hin. „Das macht gar nichts, das geht vorbei, weißt du.“ Doch Sternentänzer schob ihre Hand einfach weg und wieherte lauthals.

Carolin ließ die Leckerli fallen, allmählich wuchs ihre Sorge. Sie konnte sich keinen Reim darauf machen. „Was hast du denn? Du magst nicht mal Leckerli. Bist du krank? Hast du was Falsches gefressen? War irgendjemand bei dir, hat dir jemand etwas gegeben?“ Vor Carolins geistigem Auge begannen sich die schlimmsten Szenen abzuspielen. *Vielleicht hatte sich jemand in den Stall geschlichen und Sternentänzer etwas Giftiges gegeben? Vielleicht aus Versehen? Vielleicht diese Valeria?* „Was ist bloß plötzlich mit dir los, Sternentänzer?“

Ein Unglück kommt selten allein

Am liebsten hätte Carolin die ganze Nacht bei Sternentänzer im Stall verbracht, doch sie wollte nicht auch noch Ärger mit Ines provozieren. Sie stellte sich aber den Wecker auf halb sechs Uhr morgens. Denn am nächsten Tag wollte sie gleich in aller Früh, noch vor der Schule, wieder nach Lindenhain radeln, um nach ihrem Pferd zu schauen. Als sie auf dem Hof eintraf, war dort alles noch so ungewohnt ruhig. Keine Scheinwerfer, keine Kameras, keine Hektik. Kein wild gewordener Regisseur. Carolin seufzte. *Ob es Sternentänzer vielleicht auch so empfand? Ob ihm der ganze Zirkus allmählich auf die Nerven ging? Ob er einfach nur wieder seine Ruhe haben wollte und deshalb so zickte?*

Als Carolin ihr Fahrrad abstellte, schnurrte die Hofkatze Eulalia um ihre Beine. „He, dich hab ich ja schon seit Ewigkeiten nicht mehr gesehen." Carolin nahm die Katze in den Arm und kraulte ihren Kopf. „Du magst den ganzen Trubel auch nicht, hab ich Recht?" Eulalia schnurrte genüsslich. Auf einmal ertönte ein Knall. Eulalia zuckte zusammen, hüpfte mit einem Riesensatz von Carolins Arm und huschte um die Ecke. Carolin drehte sich um. Ihr Rad war umgekippt. *Arme Eulalia!* Carolin stieß einen Seufzer aus. *Sie ist richtig schreckhaft geworden. Wie Sternentänzer!* Auf dem Weg zum Stall kickte Carolin einen Stein vor sich her. *Wenn das der Preis dafür ist, ein Filmstar zu sein, dann lieber nicht! Sternentänzer ist für mich das Wichtigste auf der Welt!*

Sternentänzer lag auf dem Boden seiner Box und blickte sie mit großen, dunklen, feuchten Augen an, als sie kam. Sonst wieherte er ihr zur Begrüßung fröhlich entgegen. Heute nicht. Carolin legte erschrocken ihre Hand vor den Mund. „Oh Gott, Sternentänzer! Was ist mit dir?“ Sie war zutiefst beunruhigt, denn normalerweise legte sich Sternentänzer nicht hin. Es musste ihm also schon sehr schlecht gehen! Carolin kniete sich neben ihn ins Stroh, legte seinen Kopf auf ihre Oberschenkel und streichelte ihn. „Mein schöner, stolzer Sternentänzer, was hast du denn nur? Wenn du doch nur reden könntest!“

Sternentänzer blähte die Nüstern und sah ihr in die Augen. Manchmal, wenn er sie so ansah, hatte sie das Gefühl, als würde er direkt in ihre Seele blicken. Genau wie jetzt. Es war, als wollte er ihr etwas sagen. Aber was nur?

„Bist du krank?“ Carolin überlegte einen Augenblick. Sie tastete seinen Bauch ab, doch der schien völlig normal zu sein. „Also gut“, sagte sie, stand auf und klopfte das Stroh von ihrer Jeans. „Ich hole jetzt am besten Dr. Sander.“

Wie der Blitz flitzte Carolin ins Gemeinschaftszimmer.

Auch dort herrschte noch absolute Stille. In der Luft hing der Gestank von abgestandenem Rauch, auf den Tischen türmte sich schmutziges Geschirr. In der hinteren Ecke hing ein Münztelefon. Carolin kramte hektisch ein paar Cent aus ihrer Tasche und warf sie ein. Dann erst fiel ihr ein, dass sie die Telefonnummer des Tierarztes nicht wusste. „Mist!“ Sie knallte den Hörer auf den Apparat und suchte das Telefonbuch heraus. „Sander Elise, Sander Richard, ah, hier: Dr. Sander, Joachim, Tierarzt.“

Also, zweiter Versuch. Hektisch wählte sie nun die Nummer. Es klingelte dreimal, viermal, fünfmal, nichts. „Mist, die schlafen noch!“ Noch ein Versuch. Nach dem fünften Klingelton hob endlich jemand ab. „Ja, hallo, wer ist da?“, fragte eine verschlafene Stimme.

„Spreche ich mit Sander?“

„Ja, hier Thorben Sander.“

„Mann, Thorben ich hab deine Stimme gar nicht gleich erkannt. Kann ich deinen Vater sprechen? Ach ja, hier ist die Caro.“ Caros Stimme überschlug sich beinahe vor Aufregung.

„Hä? Caro? Meinen Vater?“

„Ja, und schnell! Thorben, es ist ein Notfall. Sternentänzer, mein Pferd, es ist so komisch, ich glaube, es ist krank, dein Vater muss ganz schnell nach Lindenhain kommen. Sofort!“

„Okay.“ Klack! Aufgelegt. Carolin blickte in den tutenden Hörer. *Es gibt genau zwei Möglichkeiten,* überlegte sie. *Entweder Thorben hat alles gecheckt und holt seinen Vater. Oder er hat im Halbschlaf nur Bahnhof verstan-*

den, denkt, ich sei total durchgeknallt und geht wieder ins Bett.

Doch Thorben hatte alles gecheckt, denn eine knappe Viertelstunde später bog Dr. Sanders hellgelber Sportwagen auf den Hof. Thorben war dabei. Dr. Sander hatte sich offenbar ziemlich beeilt. Sein Hemd war noch nicht einmal richtig zugeknöpft und seine Haare standen in alle Richtungen.

„Dr. Sander, endlich!“, rief ihm Carolin schon von weitem zu.

Dr. Sander begab sich gleich im Laufschritt Richtung Stall, Thorben rannte hinterher. „Also, Caro, was ist mit deinem Pferd? Thorben sagte, es gehe um Leben und Tod und ich solle mich beeilen, sonst würde etwas ganz Schlimmes passieren.“

Um Leben und Tod! Nun, ganz so schlimm ist es ja wohl nicht. Carolin musste trotz ihres Kummers leicht schmunzeln. *Thorben!*

„Also, wo ist dein Pferd? Hat es schon Schaum vor dem Mund? Legt es sich hin, rollt es sich, hat es eine sichtbare Verletzung, ist es aufgebläht?“

Carolin lief voran zu Sternentänzers Box. „Na ja ...“

Dr. Sander warf erst einen Blick in die Box, dann auf Sternentänzer, der sich inzwischen aufgerappelt hatte und dem Tierarzt neugierig entgegenwieherte, und dann auf Carolin. „Und deshalb weckst du mich mitten in der Nacht?“

„Paps, mitten in der Nacht ist was anderes, es ist schon fast sieben“, mischte sich Thorben ein.

Carolin warf ihm einen dankbaren Blick zu.

Sternentänzer stand ziemlich munter in der Box und tippelte hin und her. Er machte einen nervösen, aber ganz sicher keinen todkranken Eindruck. Dr. Sander lehnte sich gegen die Boxenwand und schnaufte erst mal durch. „Also gut, wenn ich schon mal hier bin, was ist denn nun mit dem Pferd? Warum sollte ich so schnell kommen?“

So ganz genau konnte Carolin das eigentlich gar nicht beschreiben. „Er ist komisch, anders als sonst. Er zickt rum, ist nervös, er zittert, er widersetzt sich meinen Befehlen. Und dann legt er sich auf einmal auf den Boden, so wie vorhin. So kenne ich meinen Sternentänzer gar nicht.“

„Thorben, meinen Koffer!“ Thorben gab seinem Vater einen schwarzen Koffer, den er schon aus dem Auto mitgebracht hatte. Dr. Sander checkte Sternentänzer komplett durch, tastete jedes Körperteil gründlich ab, sah sich alles genau an, dann wandte er sich wieder an Carolin. „Tja, Caro, ich kann nichts finden. Gar nichts, im Gegenteil, dein Pferd macht einen ausgesprochen fitten Eindruck. Organisch scheint es vollkommen gesund zu sein.“

Carolin sah Dr. Sander verzweifelt an. „Sternentänzer hatte richtig viel Stress in der letzten Zeit, kann es möglicherweise deswegen sein?“

Dr. Sander gähnte und legte seine Instrumente zurück in den Arztkoffer. „Kann durchaus sein, dass er hin und wieder Stresssymptome zeigt.“

„Aber irgendwas ist mit ihm“, beharrte Carolin. „Vielleicht hat er ja eine versteckte Krankheit, die man auf den ersten Blick nicht gleich erkennt." Sie fuhr sich mit der Hand aufgeregt durch die Haare. „Kann man denn gar nichts machen?"

Dr. Sander zuckte die Schultern. „Wir könnten noch sein Blut im Labor checken lassen, aber mehr fällt mir beim besten Willen nicht mehr ein."

„Ja, bitte."

„Also gut."

Dr. Sander nahm Sternentänzer Blut ab und steckte das Röhrchen in seine Arzttasche. „Mal sehen, was dabei herauskommt. Dann wollen wir mal, komm Thorben! Abflug." Der Tierarzt eilte mit großen Schritten aus dem Stall. Thorben und Carolin hinterher.

Als Dr. Sander außer Hörweite war, hielt Thorben sie zurück. „Warte einen Moment, Caro."

„Was gibt's denn?"

„Kann ich dich was fragen?", begann Thorben etwas zögerlich.

„Klar, was denn?"

Die Frage schien ihm ziemlich peinlich zu sein, denn er sah auf den Boden und fingerte nervös an seinem Pulliärmel herum. „Es geht um Lina. Die ist so komisch. Sie spricht kaum mit mir. Hab ich was Doofes getan oder gesagt?"

Carolin checkte erst einmal gar nichts. Sie winkte ab. „Ach was! Lina ist ab und zu ein bisschen seltsam. Da musst du dir gar nichts bei denken, hat sicher nichts mit dir zu tun."

„Denkst du, sie hat vielleicht was gegen mich?"

Carolin sah Thorben an. Er war plötzlich so rot im

Gesicht, dass man es trotz des Schummerlichts im Stall bemerkte, zupfte weiterhin an seinem Pulliärmel und stotterte herum. *Was ist denn mit dem los?* „Warum sollte sie denn etwas gegen dich haben? Kann ich mir nicht vorstellen."

Thorben kniff die Lippen zusammen und zuckte die Schultern. „Sie ist total kurz angebunden, wenn ich sie etwas frage. Und manchmal läuft sie auch gleich weg, als hätte ich die Pest oder so, wenn ich sie anspreche."

Carolin nickte. „Stimmt, ist mir auch schon aufgefallen, dass sie ein bisschen komisch auf dich reagiert. Aber Lina ist zurzeit sowieso mal wieder schräg drauf."

„Thorben!" Dr. Sander rief nach ihm. Er saß schon im Auto und hatte den Motor angelassen.

Thorben nahm all seinen Mut zusammen. „Kannst du nicht rausfinden, was mit ihr los ist?"

Carolin nickte nachdenklich. „Klar, kann ich schon machen. Interessiert mich ja auch. Lina ist schließlich meine beste Freundin."

„Thorben!" Dr. Sanders Stimme wurde lauter und strenger.

„Ich muss wohl."

„Okay."

„Wir sehen uns nachher in der Schule, tschüss." Thorben legte einen Zahn zu.

„Tschüss, Thorben", rief ihm Carolin noch nach. „Und danke!"

Sekunden später brauste der gelbe Flitzer vom Hof. Carolin blieb nachdenklich zurück. Dr. Sanders Besuch bei Sternentänzer hatte sie kein bisschen beruhigt, ganz im Gegenteil. Sternentänzer hatte offenbar ein Problem, das nicht einmal ein Arzt finden konnte. *Doch was war es? Und wie schlimm war es?*

Mit dem letzten Schlag des Schulgongs huschte Carolin an diesem verkorksten Morgen ins Klassenzimmer. Dr. Hutmacher blickte ihr streng über den Goldrand seiner Brille entgegen. „Wir beginnen pünktlich mit dem Unterricht, Carolin. Das dürfte sich doch inzwischen auch bis zu dir herumgesprochen haben."

„Tut mir Leid", entschuldigte sich Carolin und schlüpfte auf ihren Platz. Der Sitz neben ihr war leer. *Lina ist nicht da. Wieder mal. Komisch!*

Dr. Hutmacher zog eine Mappe aus seiner abgewetzten Ledertasche. „Ich habe eure Mathearbeiten dabei, meine Herrschaften, und ich muss sagen, dass mir das Leistungsniveau in dieser Klasse überhaupt nicht gefällt." Er ließ seinen Blick durch die Klasse streifen. Besonders lang sah er Carolin an, das bildete sie sich zumindest ein. Sie zog den Kopf ein. *Schätze, der hat mich auf dem Kieker!*

Dr. Hutmacher nahm seine Brille ab und wedelte damit vor seiner Nase herum. „Wir hatten nur eine einzige Zwei, alles andere waren zum Teil weit schlechtere Noten, Herrschaften! Das stimmt mich äußerst bedenklich. Wir haben in diesem Jahr sehr viel nachzuholen, wie mir scheint."

Er nahm die Arbeiten aus der Mappe. „Wie gesagt die

beste Arbeit mit einer Zwei hat Lina Schniggenfittich geschrieben. Lina ... nicht da? Na gut." Er legte ihre Arbeit zur Seite.

Carolin freute sich für Lina. Sie war ein echtes Naturtalent in Mathe. Das glatte Gegenteil von ihr.

Dr. Hutmacher verteilte die restlichen Arbeiten.

„Das war völlig ungenügend, Carolin. Völlig!" Kopfschüttelnd legte er Carolin die Arbeit hin. Ganz oben rechts auf dem Blatt prangte eine dicke Sechs. Carolin zuckte zusammen. *Okay, sie hatte nichts getan. Okay, sie hatte kein gutes Gefühl gehabt, aber so schlecht! Katastrophe! Ines killt mich. Verbietet mir den Film und Sternentänzer. Das gibt Hausarrest für immer.*

Dr. Hutmacher kehrte mit der leeren Mappe wieder zurück an die Tafel. „Einige von euch haben eine böse Überraschung erlebt."

Carolin starrte immer noch ungläubig auf die rote Sechs – wie die Schlange auf das Kaninchen. Das konnte man wohl sagen!

„Aber, Herrschaften, lasst euch nicht entmutigen, das war die erste Probe in diesem Jahr. Ihr habt also noch alle Chancen, euch zu verbessern."

Na, super! So ein Mist! Den Rest der Stunde fluchte Carolin stumm vor sich hin. *Ich wusste, dass dieser bescheuerte Hutmacher nichts als Ärger bedeuten würde! Mist-Mathe! Ich hasse es. Wozu gibt es Taschenrechner?*

In der Pause schleimte sich auch noch Julia an sie heran. „Du, Caro, ich hab in der Zeitung gelesen, dass auf Lindenhain ein Film gedreht wird. Finde ich ja voll cool. Ist bestimmt spannend."

„Hm." Carolin rammte einen Strohhalm in ihre Milchtüte, als wäre es ein Spaten, mit dem sie im Garten die Erde umgraben wollte.

„Der Streifen heißt: *Der Held, das Mädchen und die Edelfrau,* hab ich gelesen."

„Hm."

Julia warf ihre langen blonden Haare in den Nacken. „Die Rolle der Edelfrau wäre doch perfekt für mich. Schauspielerfahrung hab ich ja bereits. Ich war schon mal bei Probeaufnahmen für eine Soap, vielleicht kannst du ja bei Gelegenheit ein gutes Wort für mich einlegen. Oder du gibst dem Regisseur meine Nummer."

Carolin atmete tief durch. „Julia, nerv mich nicht! Die Edelfrau spielt eine blonde Tussi, die eine Pferdeallergie hat und mindestens so doof ist wie du!" Sie grinste in sich hinein. *Eigentlich lustig!* Ihr fiel auf, welche Ähnlichkeit doch bestand zwischen den Personen im Film und den Menschen, die in ihrem Leben eine Rolle spielten. *Tessa, die Waldfrau, war wie Lina, naturverbunden. Die Edelfrau Valeria hingegen glich Julia aufs Haar. Beide reich und überheblich. Jetzt fehlte nur noch der Edelmann! Wer könnte das wohl sein?*

„Pah!", machte Julia und zog wieder ab. Dafür tauchte Thorben auf.

„Hi Caro."

„Hi!" Carolin schlürfte ihre Milch.

„Hast du schon mit Lina gesprochen?"

Carolin kickte ihren Strohhalm mit der Zunge weg. „Wann denn? Du siehst doch selbst, dass sie nicht da ist! Manno! Ich hab echt genug eigene Probleme am Hals.

Sternentänzer ist krank und keiner weiß, was ihm fehlt. Außerdem hab ich gerade 'ne Sechs in Mathe kassiert, der Hutmacher hat mich als sein liebstes Opfer auserkoren. Und dann soll ich auch noch mit Lina sprechen und Julia 'ne Hauptrolle in dem Film verschaffen. Ihr könnt mich alle mal!" Wütend knallte sie die halb volle Milchpackung so heftig in den Papierkorb, dass die Milch durch die Luft spritzte.

Thorben sah ihr verwirrt nach.

Auf dem Heimweg übte Carolin vorsorglich schon mal. „Also Mam, diese Arbeit war nicht der Hit, das weiß ich selbst. Aber das nächste Mal werde ich alles wieder ausbügeln, du wirst sehen." *Toll!* Carolin trat heftiger in die Pedale. „Vertrau mir, Mam, das war nur ein einmaliger Ausrutscher, der sich nicht mehr wiederholt." *Super!* „Daran ist nur unser neuer Lehrer schuld, der hat mich voll auf dem Kieker." *Perfekt! Egal, was ich sage, Ines wird ausrasten. Und wenn ich damit warte, bis die Dreharbeiten fertig sind? Warum eigentlich nicht?* Mit schuldbewusstem Blick sperrte Carolin die Haustür auf und spitzte hinein. „Mam?" Nichts. Stille. „Mam? Bist du da?"

Carolin atmete auf. Ines war offenbar nicht da. Zeit gewonnen! Sie schlüpfte ins Haus und schleuderte ihre Schultasche in die Ecke. Sicherheitshalber spähte sie noch in den Garten. Denn seit Ines eine neue Liege für die Terrasse gekauft hatte, verbrachte sie viel Zeit im Freien.

Heute nicht. Gähnende Leere. *Gut!* Carolin war erleichtert. Zuletzt inspizierte sie noch die Küche. Eigentlich musste hier irgendwo eine Nachricht von Ines sein.

Ah ja! Am Himbeermarmeladenglas auf dem Frühstückstisch klebte ein gelber Zettel: „Bei mir wird es heute später, Schatz. Im Tiefkühlfach liegt eine Pizza, schieb sie dir in den Ofen, wenn du Hunger hast. Einen schönen Tag, Mam."

Tiefkühlpizza? Danke, keine Lust. Carolin überprüfte den Inhalt des Kühlschranks. Es sah nicht besonders vielversprechend aus. Ein paar alte Scheiben Käse gammelten vor sich hin, ein Rest Himbeerjogurt, eine halbe Tafel zartbittere Nussschokolade, ein Teller mit Früchten, die schon leicht eingeschrumpelt waren, eine Dose Tunfisch ohne Öl, eine Packung Pistazien, zwei Eier, eine Tube Ketschup und drei Dosen Cola. Carolin machte die Tür wieder zu. Im Eisfach sah es ähnlich trostlos aus. Neben der Pizza lagen da nur noch Brötchen zum Aufbacken, eine fast leere Tüte mit Kroketten, ein paar Fischstäbchen und eine halbe Packung Stracciatella-Eis. Carolin seufzte. *Höchste Zeit, dass Ines mal wieder Großeinkauf macht!* Sie nahm das Glas mit der Schokokreme aus dem Küchenschrank und holte sich zwei Scheiben Toastbrot dazu.

Wenn mal was schief ging, dann aber gewaltig! Als Carolin am frühen Nachmittag unterwegs nach Lindenhain war, sprang völlig unvermittelt auf ebener Straße ihre Fahrradkette raus. *Mist!* Carolin fingerte daran herum und versuchte sie wieder einzulegen. Da sie jedoch vom Fahrradreparieren etwa so viel Ahnung hatte wie von Tanzschritten beim Ballett, holte sie sich nur schmutzige Finger. Ihr blieb nichts anderes übrig, als ihr Bike wutentbrannt bis nach Lindenhain zu schieben. Als sie endlich dort eintrudelte, kam Mike gleich auf sie zugeschossen und tippte auf seine Uhr. „Mensch, Caro, wo bleibst du denn? Du bist zu spät! 15 Uhr bist du dran, Caro. 15 Uhr. Und jetzt ist es bereits fünf vor. Hast du eine Ahnung, wie teuer Drehminuten sind?“

„Schon gut, ich beeil mich.“ Carolin stellte ihr kaputtes Rad ab. *Vielleicht kann ja Ingo Räder richten,* überlegte sie. *Oder ich bitte Nick, mir zu helfen.*

Mike klatschte ungeduldig in die Hände. „Tempo, Caro! Sternentänzer steht schon im Hof bereit. Allerdings fehlt noch seine Decke, die haben wir nicht gefunden. Und du musst dich noch umziehen. Fix!“

„Alles klar, die Decke liegt in der Sattelkammer.“ Carolin setzte sich hastig in Bewegung. „Gib mir nur eine Minute, Mike, ich bin sofort zurück.“

Carolin raste in die Sattelkammer. Auf einmal ertönte vom Hof ein Schmerzensschrei, der Mark und Bein erschütterte. Noch ein Schrei, dann Stille! Kurz darauf brüllte jemand völlig außer sich: „Wah! Ich blute! Ich bin verletzt! Ich bin gebissen worden! Dieser Scheißgaul hat mich gebissen!“

Carolin hielt inne. *Was ist denn da los? Offenbar war ein Pferd ausgerastet und hatte zugebissen. Von unseren Pferden kann das keins gewesen sein, aber auch die anderen schienen eigentlich ganz umgänglich,* wunderte sich Carolin. *Aber bei diesen Filmpferden wusste man wahrscheinlich nie so recht. Vermutlich hatte ein Stunt-*

pferd einen Befehl falsch gedeutet. Beißen statt lachen. Carolin schmunzelte und kramte weiter hektisch in der Sattelkammer herum. *Wo hab ich nur Sternentänzers Decke hin? Die muss hier irgendwo rumliegen.*

Auf einmal kam Mike mit hochrotem Kopf und ernster Miene angeschossen. „He, Caro, kommst du mal mit raus? Schnell!“

„Gleich, ich suche nur noch Sternentänzers Decke. Ich hab’s gleich.“

Mike verzog das Gesicht. „Vergiss es, die braucht er heute sowieso nicht mehr. Komm bitte sofort mit!“

Carolin folgte ihm und blieb wie angewurzelt stehen. Fassungslos blickte sie auf die Szene, die sich ihr bot. Guido, der Vater der Edelfrau, hielt sich mit schmerzverzerrtem Gesicht seinen rechten Arm. Aus dem Ferienhaus kam ein Sanitäter mit einem großen schwarzen Koffer angerannt, Ingo und Toni versuchten Sternentänzer zu bändigen, der wie wild immer wieder stieg und wieherte. Weit und breit war kein anderes Pferd zu sehen. Carolin schlug entsetzt die Hände vors Gesicht. Sternentänzer hatte Guido gebissen!

Gefährlicher Sternentänzer?

Mit zitternden Beinen rannte Carolin zu Ingo und Toni, die vergeblich versuchten, Sternentänzer zu bändigen. Mit schrillem Gewieher bäumte er sich auf, warf schnaubend den Kopf zurück. Die Zügel glitten Ingo und Toni aus der Hand. Als die Zügel frei waren, stieg Sternentänzer noch höher und schlug mit den Vorderbeinen in die Luft. Carolin machte entsetzt einen Schritt auf den sich aufbäumenden Pferdekörper zu und befahl mit fester Stimme. „Brrr, Sternentänzer, brrr!“ Als der Hengst ihre Stimme hörte, donnerten seine Hufe auf den Boden. Ganz ruhig griff Carolin nach den herabhängenden Zügeln. „Brrr, Sternentänzer, brrrr! Ich bin ja da, brrr“, wiederholte sie dabei ganz sanft. „Hör jetzt auf damit, brrrr!“ Dann stand er endlich still, zitternd, aufgewühlt, mit geblähten Nüstern. „Schscht, Sternentänzer, ganz ruhig, mein Schöner, schscht, beruhig dich! Jaja, schon gut, alles wird gut. Schscht!“ Sternentänzer tänzelte noch ganz kurz, schüttelte seine milchig weiße Mähne, doch allmählich wurde er wieder ruhiger.

„So ein Satansbraten! Sieht so harmlos aus und dann

so was“, schimpfte Toni und machte, dass er weg kam.

Carolin führte Sternentänzer hinüber zur Koppel und ließ ihn auf die Weide. Sie gab ihm einen Klaps auf den Hintern. „Lauf, los, tob dich aus!“ Sie lehnte sich an das Holzgatter und sah ihm nachdenklich nach. Noch nie, nie, nie hatte Sternentänzer einem Menschen etwas zu Leide getan. Niemals. *Was ist nur mit dir los, Sternentänzer?* Der Hengst jagte inzwischen mit wild fliegender Mähne über die Koppel, immer schneller. Sein weißes Fell glänzte in der Sonne. Wie ein Wilder zog er unbeirrbar seine Bahnen. Immer weiter. *Wenn du nicht krank bist, was hast du denn dann?*

Jemand klopfte ihr auf die Schulter. Carolin fuhr erschrocken herum.

Es war Mike. „Caro, kommst du mal bitte mit, wir müssen dringend reden.“

Carolin nickte und folgte ihm.

Auf dem Hof hatte sich rund um Örigsons Regiestuhl eine Menschentraube angesammelt: Toni, mehrere Schauspieler sowie Guido, dessen Arm inzwischen mit einem dicken Verband und einer Schiene verarztet war.

Carolin lief zu ihm. „Wie geht es Ihnen? Wie konnte das passieren? Tut es sehr weh? Haben Sie Sternentänzer angegriffen? Haben Sie ihn erschreckt? Haben Sie ihn provoziert?“

„Das ist ja wohl die Höhe! Ich ihn angegriffen?“ Guido funkelte Carolin mit wütenden Augen an. „Das darf doch wohl nicht wahr sein! Jetzt soll ich noch selbst daran schuld sein, dass sich der blöde Gaul so aufführt. Ich geh an ihm vorbei, auf einmal schnappt der nach mir, verbeißt sich in meinem Arm und lässt mich nicht mehr los."

„Einfach so? Das kann nicht sein", begehrte Carolin auf. „Sternentänzer beißt nicht."

Guido hob seinen Arm in die Höhe. „Und was ist das?"

„Der hat sich wirklich grundlos aufgeführt, wie vom wilden Affen gebissen", bestätigte ein anderer Schauspieler.

„Wir hatten alle fruchtbare Angst", mischte sich nun auch Valeria aufgebracht ein.

Carolin blickte von einem zum anderen. „So was hat Sternentänzer noch nie, nie gemacht."

„Ich jedenfalls werde in keiner Szene mehr auftreten, in der dieses Biest mitspielt", kreischte Valeria. „Toller Hof ist das hier, wo die Pferde Hüte anknabbern und Menschen anfallen. So was hab ich sonst noch nirgends erlebt."

„Das Vieh ist gemeingefährlich, das sollte gar nicht frei rumlaufen dürfen", pflichtete ihr Guido aufgebracht bei. „Einschläfern sollte man ihn lassen."

Einschläfern?

„Ja, finde ich auch!", rief Valeria. „Zum Schutz der Allgemeinheit."

Einschläfern? Carolin fuhr herum. „Nie im Leben", schrie sie völlig außer sich. „Ihr seid wohl alle völlig bescheuert! Sternentänzer ist keine wilde Bestie." Mit dem Pulliärmel wischte sie sich eine Träne weg, die über ihre Wange kullerte. „Mein Sternentänzer ist das beste und schönste und klügste und liebste Pferd auf der Welt", kreischte sie schluchzend.

„Ach ja", entgegnete Guido ungerührt. „Und warum beißt er dann friedliche Menschen? Ich werde mit Örigson sprechen. Ich drehe keine Szene mehr mit diesem Biest! Keine einzige! Und die, die schon im Kasten sind, sollen rausgeschnitten werden."

Hilflos und völlig durch den Wind schluchzte Carolin noch einmal laut auf. „Ich weiß doch auch nicht, was mit ihm los ist!"

„He, gehört diese Szene zum Film?" Plötzlich stand Dr. Sander neben ihr.

Carolin war so froh, ein Gesicht zu sehen, das nicht zu den Filmleuten gehörte, dass sie ihm schluchzend um den Hals fiel.

„Wenn das zum Film gehören würde, das wüsste ich aber", grinste er und klopfte ihr sanft auf den Rücken. „Wo brennt's denn, Caro?"

„Sie wollen Sternentänzer einschläfern", flennte Carolin in sein blauweiß gestreiftes Hemd. „Er hat Guido gebissen."

„Wie bitte?" Dr. Sander befreite sich sanft aus Carolins Umarmung. „Sternentänzer hat jemanden gebissen?"

Carolin nickte.

Guido streckte Dr. Sander gleich seinen verbundenen Arm hin. „Hier, so ein Monster! Wissen Sie, was das für mich bedeutet? Schmerzen, Ausfallzeit, Reha, vielleicht bleibt mein Arm behindert, da kommt eine ganze Menge Ärger auf die junge Dame zu, das kann ich Ihnen sagen. Das wird teuer."

Ines bringt mich um. Und Sternentänzer auch. Dann muss er gar nicht mehr eingeschläfert werden. Oder sie verlangt, dass ich ihn weggebe. Was mach ich bloß? Carolin begann zu zittern. Dr. Sander bemerkte es und legte den Arm um sie. „Jetzt mal immer langsam, Leute."

In diesem Moment kam Örigson, den Toni geholt hatte.

„Was ist denn hier um Himmels willen für ein Tumult?", wollte Örigson wissen, der heute eine grüne Hose und ein kanarienvogelgelbes Hemd trug. „Wir haben bissige Pferde am Drehort? Die Schauspieler sind in akuter Gefahr? Vat vagel!"

„Dieser weiße Hengst hat mich in den Arm gebissen", erzählte Guido gleich und hielt Örigson seinen verbundenen Arm unter die Nase.

„Das ist eine gefährliche Bestie", stimmte Valeria zu. „Guido hat wirklich nichts getan. Das Pferd hat sich einfach so auf ihn gestürzt." Sie erschauderte. „Wenn ich mir vorstelle, er hätte mich ins Gesicht gebissen! Ich wäre für immer entstellt, gar nicht auszudenken."

Örigson blickte irritiert von einem zum anderen.

„Totaler Blödsinn! Sternentänzer ist vollkommen harmlos", mischte sich nun Dr. Sander ein.

Örigson drehte sich zu ihm. „Und wer bitte sind Sie, wenn ich fragen darf?"

„Dr. Joachim Sander. Ich bin der Tierarzt von Lindenhain."

„Aha." Örigson zog eine Zigarette aus der Schachtel und steckte sie an. „Und wem gehört das Pferd?", erkundigte er sich weiter.

„Sternentänzer gehört mir", antwortete Carolin kleinlaut.

„Aha."

„Dieser Gaul oder ich", bestimmte Guido wichtig. „Wenn der noch einmal mitmacht, steige ich aus. Basta! Ich will ja nicht zum Krüppel werden. Oder gar mein Leben riskieren."

Valeria verschränkte die Arme. „Ich auch. Die abgedrehten Szenen müssen auf jeden Fall rausgeschnitten werden."

Örigson inhalierte tief und wandte sich dann erneut an Dr. Sander. „Was sagen Sie als Tierarzt? Ist das Pferd gefährlich?"

„Natürlich nicht. Ich kenne Sternentänzer schon lange und ich kann Ihnen versichern, dass er einen äußerst friedliebenden Charakter hat. Mir ist kein einziger derartiger Vorfall bekannt."

„Toni!" Örigson winkte seinen Regieassistenten zu sich. „Ich werde über die Angelegenheit nachdenken und euch allen meine Entscheidung in Kürze mitteilen."

Carolin schluckte. Sie zitterte immer noch am ganzen Leib. Das Ende ihrer Filmkarriere. Alle Szenen sollten rausgeschnitten werden. Sternentänzer außer Rand und Band! Das versprach einer der bittersten Tage ihres Lebens zu werden. Sie setzte sich auf die alte Holzbank vor dem Haupthaus und wartete auf Örigson. Sie hockte einfach nur da und starrte traurig vor sich hin. *Warum nur hat Sternentänzer diesen Guido gebissen?* Carolin zermarterte sich das Hirn, aber ihr fiel einfach keine

Erklärung ein. *Selbst wenn Guido ihn provoziert hätte, würde Sternentänzer normalerweise nicht ausflippen. Andererseits hat er auch noch nie vor Wasser gescheut. Er schien völlig wesensverändert. Was ist denn nur mit ihm los?*

Nach ein paar Minuten ließ sich ein fröhlich grinsender Mike neben Carolin auf die Bank plumpsen.

„Alles paletti, Süße."

„Was meinst du?"

„Örigson hat ein Machtwort gesprochen. Deine Szenen bleiben drin, ihr beide habt noch eine Schlussszene, die wird auch noch gedreht, und basta."

„Und Guido?"

„Guido ist ein alter Jammerlappen und ein Schauspieler. Und den Schaden, der gar nicht so groß sein dürfte, den bezahlt unsere Versicherung. Mach dir da mal keine Gedanken!"

Carolin atmete auf. „Ist er noch sehr sauer?"

„Wer?"

„Örigson."

„Ach wo. Er ist ganz in Ordnung. Er hat Nerven wie Drahtseile. Muss er wohl auch bei seinem chaotischen Job."

Carolin strich mit ihren Sneakers über den Boden. „Er flucht immer so rum. Vat vagel oder so, was heißt das eigentlich?"

Mike grinste. „Oho! Das ist ein richtig wilder schwedischer Fluch."

„Aber was heißt das denn auf Deutsch?"

„Schwankende Hühnerstange! Kannst dich übrigens

bei deinem Doc bedanken, der hat sich richtig toll für dich und dein Pferd eingesetzt", meinte Mike noch im Weggehen und zwinkerte ihr zu.

Carolin blickte hinüber zur Koppel, wo Sternentänzer immer noch wie aufgedreht hin und her fegte. *Auf eine Filmkarriere kann ich zur Not ja verzichten,* dachte sie. *Aber was ist nur mit meinem Sternentänzer?* Carolin war ganz in Gedanken versunken, als sie auf einmal eine Hand auf ihrer Schulter spürte. *Dr. Sander.*

„Na Caro, ist ja noch mal gut gegangen", meinte er.

„Pah, von wegen!" Sie deutete Richtung Weide. „Sehen Sie sich Sternentänzer an. Er wirkt wie ..." Carolin suchte nach Worten, um seinen Zustand zu beschreiben. „Wie durchgeknallt! Wie aufgeputscht!"

Dr. Sander nickte. „Sieht fast aus, als stünde er unter Drogen."

Drogen? Sofort schwirrten schreckliche Gedanken durch Carolins Kopf. *Was, wenn es tatsächlich so war? Immer wieder las man ja in den Zeitungen, dass in der Filmwelt Drogen kursierten. Was, wenn Sternentänzer wirklich Drogen erwischt hatte? Zufällig. Weil jemand welche im Stall verloren hatte? Achtlos weggeworfen? So wie Örigson am Anfang seine Zigarette. Oder absichtlich? Weil sie ihm jemand gegeben hatte? Nicht auszudenken!*

Der Vollmondritt

Carolin kauerte in ihrem Zimmer am Schreibtisch. Eigentlich sollte sie Hausaufgaben machen, doch sie konnte sich nicht konzentrieren. Immer wieder tauchten in ihrem Kopf neue Bilder auf: Sternentänzer, wie er aufstieg, nervös herumtänzelte, die Ohren nach hinten legte, laut schnaubte. Guido, der seinen verletzten Arm hielt. Und Valeria, die mit ihrem wutverzerrten Gesicht aussah wie eine Hexe. Valeria. Sie führte sich auf, als stünde sie unter Drogen. *Ob sie ...?*

Carolin nahm den Silberrahmen in die Hand, der auf ihrem Tisch stand. Zärtlich strich sie mit den Fingerspitzen über Sternentänzers Foto. Er sah so schön aus auf diesem Bild, so stark, so wie früher. Sie wurde langsam fast verrückt vor Sorge um Sternentänzer. Sie grübelte und grübelte, doch es fiel ihr nichts ein, was sie tun konnte. *Was, wenn er nie wieder so wird wie früher?* Carolin tastete hinter den Rahmen und zog einen kleinen, zerknitterten Zettel hervor, der irgendwann mal weiß gewesen war. *„In einer stürmischen Vollmondnacht schlägt ein Blitz in eine jahrhundertealte Eiche* *ein und eine Sternschnuppe fällt vom Himmel. Im gleichen Moment wird ein wunderschöner Schimmel mit einem kleinen schwarzen Stern auf der Stirn geboren. Naytukskie Kukatos, was in der Indianersprache „Der Stern“ bedeutet, ist schön wie der junge Morgen, stark wie ein Bär, schnell wie der Wind und schlau wie ein Fuchs. Er soll über eine außergewöhnliche Gabe verfügen. Er kann in die Zukunft blicken. Schnell spricht sich die Kunde herum und jeder ist bestrebt, dieses wunderschöne Pferd zu besitzen. Doch Unzählige sind an ihm gescheitert. Denn seine magischen Kräfte kann nur derjenige nutzen, der sein Vertrauen gewinnt.“*

Sternentänzers Geheimnis: Er konnte in die Zukunft blicken und Carolin konnte sich seiner Gabe bedienen. Sie schob den Zettel zwischen ihren Fingern hin und her. Schon oft hatte Carolin die Gabe Sternentänzers nutzen können. Ob das noch funktionierte? Jetzt, wo er krank war? „Ich muss unbedingt herausfinden, ob er krank ist“, murmelte sie. Sie stand auf, lehnte sich gegen das Fensterbrett und beobachtete eine kleine Meise, die sich im Apfelbaum vergnügte.

In der nächsten Vollmondnacht werde ich Sternentänzer etwas fragen, entschied sie dann. *Wenn er noch in die Zukunft schauen kann, muss er gesund sein. Sollte er tatsächlich krank sein, dann würde doch bestimmt auch seine Gabe darunter leiden. Wann ist das nächste Mal Vollmond?* Carolin ging zu ihrem Schreibtisch zurück. „Wo hab ich bloß den Mondkalender hingelegt?“, stöhnte sie und durchwühlte zuerst ihre Schultasche, danach ihre Schreibtischschubladen. *Ich hätte ihn Ines lassen sollen, dann hätte ich immer gewusst, wo er ist.* Ah, hier. Carolin kramte den Kalender aus dem hintersten Eck der unteren Schublade hervor. *Mal sehen. Neumond, hier Vollmond. In genau drei Tagen.*

Ungeduldig hatte Carolin der Vollmondnacht entgegengefiebert. Endlich war es so weit! Im Laufe der Zeit hatte Carolin schon Routine darin entwickelt, mitten in der Nacht unentdeckt aus dem Haus zu schlüpfen und nach Lindenhain zu radeln. Sie hatte immer Angst, Ines könnte wach werden und merken, dass sie weg war. Gewöhnlich ging Ines gegen 23 Uhr nach den Nachrichten ins Bett, zog sich ihre rosafarbene Schlafmaske über und schlummerte spätestens gegen Mitternacht tief und fest. Dann war es ein Leichtes für Carolin, sich davonzuschleichen. Normalerweise tat sie das durch die Haustür. Nur einmal hatte sie dummerweise ihren Schlüssel vergessen und musste auf dem Rückweg versuchen, auf den großen alten Apfelbaum im Garten zu klettern, um von dort zurück in ihr Zimmer zu gelangen. Dieser Versuch missglückte allerdings und um ein Haar hätte Ines sie noch entdeckt.

Heute war alles anders. Es war Mitternacht und Ines hockte immer noch unten vor dem Fernseher.

Carolin, zur Tarnung schon im Schlafanzug, hüpfte oben in ihrem Zimmer ungeduldig von einem Bein auf das andere. *Mam, worauf wartest du denn noch?* Sie beobachtete auf ihrem Wecker, bei dem statt des Sekundenzeigers ein Pferd seine Runden drehte, wie die Minuten vergingen und von unten war immer noch der Fernseher zu hören. *So ein Mist!* Angenommen, Ines ging erst um eins ins Bett, dann würde sie vielleicht gegen zwei fest genug schlafen, sodass Carolin verschwinden konnte. Aber dann würde alles furchtbar knapp werden.

Sie musste mit Sternentänzer zurück im Stall sein, bevor die Sonne aufging. Und sie sollte tunlichst vor dem Frühstück wieder zu Hause sein. Carolin zupfte nervös an ihrem Schlafanzugärmel. *Ich muss diese Nacht nutzen! Ich kann nicht noch einen ganzen Monat warten, verdammt! Das halte ich nicht aus! Mam, komm schon, geh ins Bett!*

Dann läutete auch noch das Telefon. Carolin schreckte hoch. *Wer ruft denn da mitten in der Nacht bei uns an? Das konnte doch nichts Gutes bedeuten! War was mit Paps? Oder mit Sternentänzer?* Beunruhigt sauste Carolin zur Treppe und kauerte sich so hin, dass sie alles mithören konnte, aber nicht gesehen wurde.

„Ja, hallo, hier ist Ines. Ja, schön, dass du anrufst."

Carolin atmete auf. Ines' Stimme klang vergnügt. Sehr sogar. Also, nichts Schlimmes.

„Nein, nein, du störst gar nicht."

Von wegen! Mich schon!

„Nein, ich freu mich, ich war noch nicht im Bett. Ich hab noch ferngesehen."

Leider! Könnte Florentine sein, Mams Freundin.

„Ja, doch, danke, mir geht's gut. Ja, ich finde auch, dass wir uns bald mal wieder treffen sollten, sehr gern."

Ines' Stimme hatte plötzlich einen ganz merkwürdigen, flötenden Tonfall. *Mit wem telefonierte sie da?*

Dann kicherte Ines auch noch. „Ach komm ... nee ... danke ... du bist süß."

Du bist süß? Nein, das war definitiv nicht Florentine! Aber wer dann? Egal. Darum werde ich mich ein anderes Mal kümmern. Jetzt zählt nur eins.

„Schlaf du auch gut! Träum was Schönes!" Endlich legte Ines auf.

Endlich! Sie löschte unten das Licht, während Carolin sich auf leisen Sohlen wieder in ihr Zimmer verzog. Sie wartete eine halbe Stunde, dann wagte sie es aufzustehen. Vorsichtig drückte sie die Klinke runter und spitzelte in Ines' Zimmer. Die schlummerte inzwischen selig mit der rosa Schlafmaske über den Augen und einem kleinen Lächeln um die Lippen.

So schnell wie in dieser Nacht war Carolin selten aus dem Haus geflitzt. Sie schnappte ihr Rad und trat wie eine Wilde in die Pedale. Der Vollmond leuchtete groß am Himmel, es war fast hell. Auf Lindenhain war alles ruhig. Carolin lief flugs in den Stall zu Sternentänzer, der ihr schon leise entgegenwieherte. Seine dunklen Augen glänzten erwartungsvoll. Merkwürdig! Es schien, als hätte er bereits auf sie gewartet und er machte auch überhaupt keinen kranken oder verwirrten Eindruck mehr. Er war wie immer, wenn sie in Vollmondnächten gemeinsam ausritten. „Hallo, mein Süßer. Es geht wieder los! Aber das weißt du ja schon, stimmt's?" Carolin band rasch ein paar Säcke um seine Hufe und führte ihn so leise wie möglich aus dem Stall bis zum Waldweg. Dort befreite sie seine Hufe von den Säcken und schwang sich auf seinen Rücken.

Bei ihren nächtlichen Ausflügen ritt Carolin immer ohne Sattel. Sie liebte es, Sternentänzers Wärme zu spüren, die kleinste Bewegung seiner Muskeln. Sie merkte, wie er sich anstrengte. Es war, als wären sie eins. Sie und Sternentänzer.

Es war eine wunderschöne laue Nacht und ein herrliches Gefühl über die Felder und Wiesen zu galoppieren. Carolin legte ihren Kopf in den Nacken und genoss den sanften, weichen Wind, der über ihr Gesicht streichelte. Alle Sorgen fielen fast schlagartig von ihr ab. Es gab nur noch sie und Sternentänzer. Aber sie war ja nicht nur zum Spaß unterwegs. *Was könnte ich Sternentänzer fragen?,* überlegte sie angestrengt. *Das mit Örigson ist inzwischen geklärt. Was fällt mir denn sonst noch für eine Frage ein? Thorben. Genau. Er wollte doch wissen, was mit Lina los ist. Und ich auch. Ich frage Sternentänzer danach.* Sie neigte sich über der Pferdemähne weit nach vorn. „Ich wünschte, ich wüsste, was aus Thorben und Lina wird", murmelte sie und schloss die Augen.

Kaum hatte sie den Satz ausgesprochen, ging ein sanfter Ruck durch den Körper des Pferdes. Es galoppierte los. Schnell wie der Wind jagte es durch die Nacht. Carolin klammerte sich an der Mähne fest. Sie fühlte sich merkwürdig, ihr Kopf schien sich zu drehen. Ihr wurde ganz schwindelig, wie in einem Kettenkarussell. Sternentänzer galoppierte schneller und schneller und Carolin sah Bilder in ihrem Kopf. *Der kleine See. Ein Sonnenstrahl legt einen goldenen Schleier über das Wasser. Linas Lieblingsplatz. Zwei Menschen sitzen am Seeufer Hand in Hand. Thorben und Lina. Linas Haare leuchten wie Feuer. Sie legt ihren Kopf an seine Schulter, er streichelt über ihre Wange.*

Wie in einem Rausch schoss eine Bilderflut durch Carolins Kopf. Schnell, konturenlos, wie durch einen Weichzeichner gefiltert. Dann wurde Sternentänzer plötzlich langsamer. Er keuchte, lief schwerfälliger. Als Carolin die Zügel enger fasste, verlangsamte er zum Trab, dann zum Schritt.

„Puh", schnaufte Carolin, als Sternentänzer zum Stehen kam. Sie tätschelte seinen Hals. „Braver Sternentänzer." Dann stieg sie ab, legte sich auf die Wiese und betrachtete den Mond. Glühwürmchen tanzten durch die laue Luft und leuchteten so hell wie Sternentänzers Mähne. Eins war jetzt für Carolin klar: Thorben und Lina gehörten zusammen. Lina mochte Thorben und Thorben mochte Lina. *Aber warum benimmt sich Lina dann so komisch?* Außerdem war jetzt auch klar, dass Sternentänzer nicht krank sein konnte, zumindest nicht ernsthaft. Denn die Vision war so deutlich und bildhaft gewesen wie immer. *Also kann er im Moment auch unmöglich unter Drogen stehen. Aber ob der Verdacht, dass ihm jemand Drogen gegeben hat, deshalb so ganz vom Tisch ist? Vielleicht hat ihm ja jemand an dem Tag, als er durchdrehte, was verabreicht? Warum sonst war Ster-*

nentänzer so seltsam? Oder gab es doch einen anderen Grund? Der einzige Punkt, bei dem sich Carolin ganz sicher war: Sternentänzers komisches Verhalten musste irgendwie mit dem Film zu tun haben.

Carolin sah ihr Pferd liebevoll an, wie es im Licht des Mondes mit hoch erhobenem Kopf auf der Wiese stand, sein helles Fell glänzte wie Seide. „Mein wunderschöner Sternentänzer, was hast du denn? Willst du mir was sagen? Willst du mich warnen? Wovor? Vor dem Film? Vor jemandem im Filmteam? Vor Guido? Vor Valeria?“ Sie seufzte tief und erhob sich. *Wenn ich nicht bald erfahre, was mit dir los ist, werde ich verrückt!*

Beunruhigende Zukunftspläne

Am nächsten Morgen, einem Samstag, war schulfrei. Doch Carolin war viel zu aufgekratzt, um ausschlafen zu können. Gleich nach dem Frühstück radelte sie wieder nach Lindenhain und klapperte hilflos das Filmgelände ab. Sie wusste nicht mehr, was sie sonst tun könnte. Sie stiefelte durch den Stall, durch das Ferienhaus, zog sich eine Tüte Gummibärchen aus dem Automaten im Gemeinschaftsraum des Haupthauses. Sie streifte einfach immer weiter umher, ohne genau zu wissen, warum und wohin. Mitsamt den Gummibären setzte sie sich auf die alte Holzbank. Sie öffnete die Tüte mit einem lauten Knall, pickte sich eine Hand voll weißer Bärchen heraus und beobachtete das Filmteam, das wie ein Haufen aufgescheuchter Hühner über das Gelände lief.

Auf einmal spürte sie, wie die Hofkatze Eulalia um ihre Füße strich. Carolin kraulte sie zwischen den Ohren. „Na du“, raunte sie. Eulalia schmiegte sich kurz an ihre Beine. Dann huschte sie um die Ecke, kam aber gleich darauf mit einer toten Maus zurück, die sie stolz vor Carolin ablegte. Mit großen, erwartungsvollen Augen saß die

Katze da. Carolin packte Eulalia und hockte sie auf ihren Schoß. „Hör mal zu, Kätzchen. Ich freue mich tierisch über deine Geschenke, aber, müssen es immer diese armen Mäuschen sein? Wie wär's, wenn du mir nächstes Mal zum Beispiel eine Tüte Gummibären bringst?" Eulalia schnurrte. Carolin drückte ihr einen Kuss auf das weiche Stirnfell und ließ sie wieder laufen. *Eigentlich ein gutes Zeichen!* Carolin deutete es immer als gutes Omen, wenn Eulalia ihr ein Geschenk brachte. Sie seufzte. *Aber auch Katzen können sich wohl mal irren!*

Carolin pickte das letzte weiße Gummibärchen aus der Tüte und steckte den Rest in ihre Jackentasche. Ratlos schlenderte sie nun hinüber zur Koppel, über die Wiese bis hoch zu den hohen Linden. *Ob ich Ferdi mal nach der Adresse seines Tierpsychologen frage? Als Cinderella damals so komisch war, konnte der ja helfen.* Ferdinand Reifenbach war der Besitzer der Stute Cinderella und lebte in Berlin. Carolin hatte ihn kennen gelernt, als er damals die Ferien bei seiner Tante Teodora in Lilienthal verbrachte und Cinderella auf Lindenhain untergestellt hatte. Sternentänzer hatte sich sofort in die bildschöne schwarze Araberstute verguckt. Und dann wurde das wunderschöne schwarze Fohlen Silberstern geboren. Plötzlich kam Carolin ein ganz anderer Gedanke. *Ob Sternentänzer vielleicht Cinderella und Silberstern vermisste?* Beide waren zurzeit in Berlin bei Ferdi, denn Silberstern sollte zusammen mit einer Horde Gleichaltriger aufwachsen. *Doch, das wäre eine plausible Erklärung. Sternentänzer vermisst seine Familie. Aber du hast doch mich, Sternentänzer! Wir beide gehören zusammen! Du hast dich doch damals für mich entschieden! Wenn Sternentänzer so komisch ist, ist es seine Familie vielleicht auch? Ich muss Ferdi fragen,* beschloss Carolin. *Jetzt. Sofort!* Sie drehte sich um und lief ins Haupthaus. Gunnar hockte über einem Berg Papierkram im Büro. Er sah auf, als Carolin in der Tür stand.

„Hi Gunnar, kann ich kurz von deinem Computer aus eine Mail verschicken?"

„Logo!" Gunnar zog einen zweiten Drehstuhl an seinen Schreibtisch und klopfte auf den Sitz. „Bedien dich, Caro."

Carolin tippte Ferdis E-Mail-Adresse ein und legte los. *„Hallo, Ferdi, hoffentlich geht's dir gut, mir nicht so wirklich. Es gibt ein paar Probleme mit Sternentänzer. Er benimmt sich so seltsam und ich hab keine Ahnung, warum. Hast du vielleicht eine Idee, was er haben könnte? Meinst du, es könnte noch mit unserem Besuch in Berlin zu tun haben? Und wie geht es Silberstern und Cinderella? Wenn dir zu Sternentänzer was einfällt, lass es mich wissen. Du hast ja sonst immer so gute Ideen. Oder wenn du einen Vorschlag hast, was ich sonst noch tun könnte? Ich freue mich auf deine Antwort. Liebe Grüße aus Lindenhain, deine ziemlich verzweifelte Caro."*

So. Send. Zack! Weg!

Carolin lehnte sich zurück und verschränkte die Arme über dem Kopf. Vielleicht hatte ja Ferdi eine seiner genialen Ideen. Pling! Carolin schreckte zusammen. „Sie haben Post", stand auf dem Bildschirm. *Ferdi? So schnell?* Carolin öffnete den Brief. Tatsächlich. *„Hallo,*

Carolinchen.“ Carolin musste grinsen. Niemand sonst nannte sie so dämlich. *„Sei nicht verzweifelt! Ich arbeite an einer Hilfsaktion. Geht aber nicht ruck, zuck! Melde mich! Dein Ferdi.*“

Als Carolin mittags nach Hause kam, war Ines auch da. Das war sonst die ganze Woche über so gut wie nicht der Fall, wenn Carolin von der Schule heimkam. Denn Ines arbeitete meist länger. Paul hatte einen finanziellen Engpass, daher musste sie mehr dazu verdienen. Ines hatte sogar gekocht. Jedenfalls duftete die ganze Wohnung. Carolin inspizierte die Kochtöpfe. Hackbällchen mit Kartoffelbrei und Gemüse. Etwas ganz Normales. Was ebenfalls ungewöhnlich war, denn Ines kochte entweder gar nicht oder sonst etwas völlig Schräges, Ausgefallenes. Sie stellte die wildesten Gerichte zusammen, kochte mit exotischen Früchten und Gemüsesorten, mixte alle Gewürze hinzu, die es gab. Das Ergebnis schmeckte aber meistens richtig lecker. Heute waren also Hackbällchen angesagt. Was hatte das zu bedeuten?

„Hi Mam.“

„Setz dich, Schatz, Essen ist gleich fertig.“ Sie schien bester Laune. „Hattest du einen schönen Tag?“

„Nicht wirklich“, murmelte Carolin betrübt. *Und wenn ich nicht bald weiß, was los ist mit Sternentänzer, werde ich nie wieder einen schönen Tag haben!*

„Bestimmt bist du hungrig. Komm, setz dich und iss.“ Ines packte Bällchen und Gemüse auf Carolins Teller.

Carolin trank erst mal einen Schluck Limo. „Was soll das, Mam?", erkundigte sie sich dann.

Ines setzte sich zu ihr. „Was meinst du denn, Schatz?"

„Na, dieses Essen?"

„Schmeckt es dir nicht?"

„Keine Ahnung, ich hab noch keinen Bissen probiert, aber es ist so ungewöhnlich."

Ines stach in ein Hackbällchen. „Ach was, das gibt's in Tausenden von Haushalten jeden Tag. Das Rezept steht in jedem Kochbuch."

„Eben."

„Ach weißt du, Schatz. Ich dachte mir, es wäre Zeit für mich, mal solider zu werden."

„Warum das denn? Nicht wegen mir. Ich mag es, wenn du Rezepte ausprobierst. Meistens zumindest." *Bis auf den Nachtisch mit dieser matschigen gelben Frucht, dieser Kaki, neulich,* ergänzte Carolin in Gedanken.

Ines griff nach der Gabel. „Schon, aber stell dir vor, wir wären eines Tages mal mehr Leute in der Familie und ich müsste jeden Tag kochen. Dann könnte ich ja nicht jeden Tag Kürbis-Ratatouille mit Curry-Couscous oder Himalaya-Reis machen."

Bei Carolin läuteten jäh ein halbes Dutzend Alarmglocken. Das hörte sich aber sehr deutlich nach einer versteckten Botschaft an. „Mam, was genau willst du mir damit sagen?"

„Gar nichts, Schatz." Ines steckte ein halbes Bällchen in ihren Mund und kaute genüsslich. „Mhm! Also mir schmeckt's gut."

„Lenk nicht ab!" Carolin lehnte sich demonstrativ

zurück und verschränkte die Arme. „Ich will sofort wissen, was los ist! Wieso sollten wir auf einmal mehr Leute in der Familie sein?“ Sie beugte sich vor und warf einen prüfenden Blick auf Ines' Bauch, der sich in der Tat ein wenig über der Hose wölbte. „Bist du etwa schwanger?“

„Pffff! Ein Baby? Das fehlt mir gerade noch!“ Ines platzte los und verschluckte sich beinahe an ihrem Bällchen. Sie säuberte sich den Mund mit der Serviette. „Nee, Caro. Ein solches Prachtexemplar wie du reicht mir!“

„Was willst du mir denn dann sagen?“

Ines lächelte. „Also gut. Du hast Recht. Ich habe jemanden kennen gelernt. Einen sehr netten Mann, er ist allein erziehender Vater.“

„Nee, Mam! Vergiss es! Kommt überhaupt nicht infrage.“ Carolin fühlte sich, als würde sie von einer Dampflok überrollt. *Ein neuer Mann für Ines. Und dann auch noch mit Anhang. Niemals! Die muss ich dann überall mit hinschleppen. Alles mit denen teilen. Vielleicht auch Sternentänzer? Mam und ich, wir sind jetzt so ein eingespieltes Team. Was soll das? Jeder Dritte stört da doch nur. Und jeder Vierte erst recht!* Carolin sprang auf. „Vergiss es! Ich hab keinen Bock auf einen Papa-Ersatz und schon gleich gar nicht auf sonstigen Zuwachs! Ich dachte, das Thema wäre bei uns durch!“

„Caro, warte doch!“ Aber Carolin lief verärgert zur Tür.

„Du willst, dass ich allein bleibe, Caro. Ist das nicht verdammt egoistisch von dir?“, rief ihr Ines noch nach. „Ich hab auch das Recht auf ein bisschen Glück. Denk mal darüber nach!“

Carolin knallte die Haustür hinter sich zu, schwang sich aufs Rad und fuhr los. Das Gespräch mit Ines hatte sie total aus dem Häuschen gebracht. *Ich muss unbedingt mit jemandem reden! Lina!* In der nächsten Einfahrt hielt sie an, holte ihr Handy raus und rief Lina an. Doch die meldete sich nicht. *Verflixt! Lina ist nicht da.* Carolin überlegte. Mit wem konnte sie sonst sprechen? Da fiel ihr Paul ein. *Das ist zwar nur die zweitbeste Möglichkeit, aber schließlich hat Paps auch ein Recht zu wissen, was Mam vorhat.* Sie rief ihren Vater an und der meldete sich auch prompt.

„Super, dass du anrufst. Ich wollte eh ganz dringend was mit dir besprechen, Caro. Wir könnten uns in einer halben Stunde treffen. Das würd gut bei mir reinpassen, anschließend geh ich dann gleich weiter ins Büro."

Das war wirklich ein Zufall, dass ihr sonst so viel beschäftigter Vater Zeit für sie hatte. Musste auch samstags noch arbeiten. Sie verabredete sich mit ihm im Bistro Salamander. *Die Suppe werd ich Ines versalzen, aber gründlich!*

Paul saß schon im Bistro Salamander, als Carolin auftauchte. Er brütete über seinem Handy und tippte unablässig SMS ein. Vor ihm stand ein Glas Rotwein und ein Korb voll Weißbrot.

„Hi Paps." Carolin drückte ihm zur Begrüßung einen Kuss auf die Wange. Gut sah er aus, braun gebrannt und locker. Eher wie ein Junggeselle, gar nicht wie ein Vater.

„Caro, hi.“ Er sah nur kurz auf und widmete sich dann wieder seinem Handy. „Einen Moment noch, ja? Ich muss noch kurz was regeln.“

Hallo? Da sieht der mich nur alle heiligen Zeiten und dann ist sein bescheuertes Handy wichtiger. Carolin überprüfte die Karte und bestellte den größten Eisbecher, den sie finden konnte.

„So“, endlich packte Paul das Teil zur Seite. Er legte eine Hand auf ihren Arm. „Gut, dass du dich gemeldet hast, ich wollte dich nämlich auch treffen.“

„Wir haben uns so lange nicht gesehen“, seufzte Carolin betrübt.

„Ich weiß ja, Caro. Aber ich hab immer so viel zu tun. Und die Wochen gehen vorbei wie nichts.“

„Paps, es gibt jede Menge Neuigkeiten“, begann Carolin.

„Ich hab dir auch was zu sagen, Caro.“

„Bitte schön, einmal Doppeldecker mit Sahne.“ Der Kellner stellte einen Eisbecher auf den Tisch, der Carolin beinahe bis zur Schulter ging.

„Mhm, lecker!“ Carolin tauchte genüsslich ihren Löffel in die Sahnehaube.

Paul tippte auf die Uhr. „Leider hab ich nicht sehr viel Zeit, Caro.“

„Die wichtigste Neuigkeit ist, dass ich Filmstar werde“, plapperte Carolin drauf los. Sie erzählte ihm vom Filmteam auf Lindenhain, doch Paul starrte die ganze Zeit nur auf sein Handy.

„Super, oder Paps?“ Carolin biss in eine Erdbeere.

„Ja, Caro, toll.“

„Aber“, Carolin senkte die Stimme. „Es gibt noch eine andere Neuigkeit.“

Paul sah wieder auf die Uhr. „Was denn, Caro? Ich muss gleich weg.“

„Mam, sie hat einen Mann kennen gelernt, einen allein erziehenden Vater mit Kind. Es scheint ihr ernst zu sein.“ *So, jetzt wird Paps bestimmt toben und sagen, dass er das nicht will und verhindern wird und ...*

Paul holte sich eine Scheibe Weißbrot und biss hinein. „Ach ja. Schön. Das freut mich sehr für deine Mutter.“

Wie bitte? Was war denn das für eine Antwort?

„Aber, ich dachte ... ist es dir denn völlig egal? Auch wenn die zum Beispiel bei uns einziehen wollen, der Mann und das Kind?“ Carolin malte gleich mal vorsorglich den schlimmsten aller Fälle an die Wand.

Paul lugte wieder auf sein Handy. „Wie? Ja, klar, das wär doch schön für euch.“

Schön für uns! Carolin atmete tief durch, packte ihren Löffel voller Eis und stopfte ihn sich rein. *Super. Wir sind dem völlig egal!*

Paul nahm sein Handy und ließ es von einer Hand in die andere fallen. „Ich wollte dir doch auch was sagen, Caro.“

Kann ich mir schon denken. Du hast auch wieder 'ne Neue. Na und? Mir doch egal! Heute die, morgen die. Was soll's! Nee, Paps, bei dir gibt es keine Neuigkeit, die mich noch erstaunen könnte.

Denkste! „Es kann sein, dass ich nach Mallorca ziehen werde, Caro.“

Carolin verschluckte sich fast an ihrem Eis. „Wie bitte?“

„Wir haben dort einen neuen Partner, Juan Garcia, an Land gezogen, mit dem wir zusammenarbeiten. Wir machen eine Filiale in Palma auf, wenn ich will, kann ich auch dort einsteigen." Er lehnte sich zurück und streckte die Arme hoch. „Arbeiten, wo andere Urlaub machen. Jeden Tag Sonne, Strand, Meer, Tapas, Paella, nie mehr Regen, nur noch blauer Himmel. Klingt doch genial, oder? Was meinst du?"

Carolin schob entsetzt ihren Eisbecher weg. Mit einem Schlag war ihr der Appetit komplett vergangen.

Pauls Augen blitzten. „Juan hat dort unten eine riesige Finca mit Hausmädchen und allem Schnickschnack, zum Spottpreis. Eingerichtet ist das Landhaus auch schon. Ich war neulich dort und hab es mir angesehen, Caro. Da lebt sich's ganz anders als hier."

Carolin schwieg. „Weiß Mam schon von deinen Plänen?"

Paul leerte sein Glas in einem Zug. „Ja, ich hab's ihr schon gesagt."

Deshalb war Ines wahrscheinlich neulich so sauer, überlegte Carolin. *Es ging gar nicht um meine Gummistiefel. Ich wusste es doch. Es geht immer nur um Paps.*

„Sie war wütend, oder?"

Paul nickte. „Toll fand sie es nicht. Aber sie hat mir viel Glück gewünscht."

„Mam liebt dich eben noch, Paps." Sie machte eine kleine Pause. „Und du? Liebst du sie noch?"

Paul seufzte. „Ines ist deine Mutter, also wird sie immer ein Teil meines Lebens sein, genau wie du. Aber Liebe?" Er zuckte die Schultern. „Eher so was wie Freundschaft. Aber Liebe, nee, da ist alles weg."

Irgendwie lachte Carolin der Eisbecher jetzt doch wieder an. Sie holte ihn zurück. Das Eis konnte ja auch nichts für ihre verfahrene Familiensituation. „Kann Liebe denn nicht zurückkommen?“

Paul zerkrümelte ein Stück Weißbrot. „Ach Caro, du stellst Fragen! Ganz ehrlich, ich glaube nicht daran. Wenn eine Beziehung mal kaputt ist, kann man sie nicht mehr reparieren. Es ist wie bei einer schönen Vase, die zerbrochen ist. Du kannst sie noch so gut kitten, du wirst immer diesen Sprung sehen.“

„Aber muss es denn gleich Mallorca sein? Wenn du wirklich gehst, dann bist du so furchtbar weit weg“, murmelte Carolin.

„Unsinn. Mit dem Flieger sind es lächerliche zwei Stunden. Schneller als von Berlin nach München zum Beispiel. Gar kein Problem!“

Carolin rührte in ihrem Eisbecher herum. Das Eis war inzwischen zu einem bunten See geschmolzen. „Aber was wäre denn dann mit mir? Ich würde dich doch gar nicht mehr sehen. Du kannst mich doch nicht einfach so im Stich lassen!“

Paul nahm Carolins Hand und streichelte sie zärtlich. „Hab ich auch nicht vor. Es ist noch gar nichts fix. Aber wenn, dann könntest du doch auch mitkommen, Caro, wenn du willst.“

Carolin stieß einen kleinen Entsetzensschrei aus und ließ den Löffel fallen.

„Ganz im Ernst, Caro. Die Finca ist riesig, es gibt auf Mallorca eine deutsche Schule und du könntest sogar deinen geliebten Sternentänzer mitnehmen. Stell dir nur vor, wie du jeden Abend auf deinem Pferd am Strand der untergehenden Sonne entgegenreitest! Klingt doch gar nicht übel, oder? Und wir beide hätten auch mal wieder Zeit für uns."

Carolin schwieg. Der Gedanke mit Sternentänzer am Strand zu reiten, hatte schon was Verführerisches. Nie mehr Eis und Schnee. *Aber was wird dann aus Lindenhain, Ines, Lina, Nick, Gunnar, Eulalia, Carolina, allen meinen Freunden? Alles zurücklassen? Nein. Niemals! Nie, niemals!*

„Ich mag keine Paella und ich hasse Stierkampf", murmelte sie nur. Mehr fiel ihr im Moment nicht ein.

Paul streichelte über ihre Hand, die er weiterhin festhielt. „Ich weiß, dass das alles jetzt sehr plötzlich für dich kommt. Aber wir müssen ja nichts überstürzen. Noch ist nichts in trockenen Tüchern." Er verdrehte schwärmerisch die Augen. „Lust hätte ich schon."

Carolin beäugte skeptisch ihren Vater. „Wann wäre das denn?"

„Wenn, dann sofort! Nächste Woche flieg ich jedenfalls mal runter und check die Lage." Er legte den Kopf schief. „Komm doch einfach mit!"

Carolin sah ihn streng an. „Paps. Ich gehe in die Schule, falls du das vergessen haben solltest. Und die Ferien sind gerade erst vorbei."

Paul ließ ihre Hand los. „Noch reden wir ja auch von ungelegten Eiern." Er grinste schelmisch. „Aber ich habe schon mal vorgesorgt." Er griff in seine Jackentasche und zog einen weißen Umschlag heraus. „Hier, für dich."

„Was ist das?"

„Ein Ticket. Einmal Mallorca und zurück. Zeitlos. Damit gehst du einfach zum Flughafen, setzt dich ins Flugzeug und ich hol dich in Palma ab, wenn es mit meinem Job klappt. Ist das nicht toll?"

„Doch", murmelte Carolin, aber sie fand es überhaupt nicht toll.

Sie musterte betrübt ihren Vater, der schon wieder mit seinem Handy beschäftigt war. *Paps will abhauen. Was, wenn Paps tatsächlich geht?* Klar, viel Zeit verbrachten sie momentan nicht zusammen, aber sie wusste, dass sie ihn anrufen konnte, wenn es Probleme gab. Und dass er kam, so wie jetzt. *Wenn er aber auf Mallorca ist? Ich kann ihn doch nicht dort anrufen! Ich kenne ja nicht mal die spanische Vorwahl!* Sie betrachtete ihn, während er bezahlte. *Ich will, dass du hier bleibst, Paps!*

Nach dem Gespräch mit Paul radelte Carolin zu der kleinen Wiese am Rande von Lilienthal. Sie musste mit Lina sprechen. Es war so viel passiert, sie musste Lina einfach alles erzählen. Vielleicht konnte die Freundin ihr ja einen Rat geben. Als Carolin bei den Wohnwägen eintraf, war alles ruhig. Niemand antwortete auf ihr Klopfen und ihre Rufe. Weder Lina noch ihre Großmutter Ami. *Lina, ist nicht da!* Traurig trat Carolin schließlich den Heimweg an.

Des Rätsels Lösung

Am späten Sonntagvormittag machte sich Carolin wieder auf den Weg nach Lindenhain. *Hier muss die Lösung zu Sternentänzers Problem liegen. Aber wo?* In gedrückter Stimmung schlich sie hoch zur Weide, am Gatter entlang. Sie lief auf dem kleinen Feldweg, den sie immer mit Sternentänzer ritt. Sie knickte einen Zweig ab und streunte weiter durch das Gelände. Raschelte mit dem Zweig durch ein paar Büsche, die am Wegesrand wuchsen. *Verdammt!* Carolin schluckte, sie spürte einen dicken Kloß im Hals. Sie war so traurig und ratlos, dass sie am liebsten laut losgeheult hätte. Mittlerweile stand sie am Ufer des Baches, den Sternentänzer nicht hatte durchqueren wollen. Sie kniete sich hin, hielt ihre Hand hinein, warf kleine Steine ins Wasser und beobachtete, wie sie mit leisem Blubb untergingen. Sie seufzte tief. *Hier hatte Sternentänzers komisches Verhalten begonnen. Am Bach. Als er gescheut hatte.* Sie blickte sich um. *Warum?* Alles war wie immer.

Carolin stand auf und marschierte unentschlossen ein paar Schritte am Ufer entlang. Da! Dort zweigte ein weiterer kleiner Waldweg ab. Er war ziemlich zugewachsen und der Boden total vermatscht. Carolin versuchte sich ein Stück weit durch die herabhängenden, ausladenden Äste und Zweige hindurchzuzwängen. *So sehen verwunschene Wege in einem Zauberwald aus,* schoss es Carolin durch den Kopf. Doch schon bald machte ein riesiges Dornengestrüpp ihr das Weitergehen unmöglich. *Autsch!* Sie hatte sich an den Dornen gepikst und an ihrem rechten Arm blutete ein kleiner Kratzer.

Carolin entschied umzukehren. *Es macht keinen Sinn, hier weiterzusuchen!* Sie bahnte sich den Weg zurück, ging zurück zu der Stelle am Ufer, wo sie sich bereits zuvor hingekniet hatte.

Wo soll ich denn bloß noch suchen? Da fiel ihr Blick auf den dicken Ast eines großen alten Baumes. Der Ast hing gut verborgen von einem Gewirr aus Zweigen und Blättern über dem Bach, sodass er kaum zu sehen war. Wie ein riesiges Schwert hing er dort. Riesengroß und beängstigend! Der Ast war komplett morsch und drohte herunterzufallen.

„Oh mein Gott! Der kann ja jeden Moment abbrechen! Das muss ich Gunnar sagen, das ist ja lebensgefährlich", stöhnte Carolin. *Wenn da jemand von den Reitern hingestoßen wäre! Bei der Szene, als sie durch den Bach reiten sollten. Moment mal. Na klar!*

Plötzlich fiel es ihr wie Schuppen von den Augen. *Das ist es!* Carolin sprang wie elektrisiert auf. Na klar! Sternentänzers merkwürdiges Verhalten hatte an dem Tag begonnen, als die Bachszene gedreht werden sollte. Er hatte die Gefahr erkannt und wollte sie warnen. Er wollte verhindern, dass der Ast auf mich oder jemand anders aus dem Filmteam fällt. Daher wollte er also nicht durch den Bach waten!

Carolin raste, so schnell sie konnte, zurück auf den Hof. Dort war nur Valeria, die hingebungsvoll ihre lange, blonde Mähne frisierte. „Wo ist Örigson? Schnell!"

Valeria zuckte die Schultern. „Was weiß denn ich? Bin ich etwa seine Sekretärin?"

Auch Mike hatte keine Ahnung.

„Er ist gerade mit Gunnar ins Büro gegangen", klärte sie schließlich Toni auf.

Ohne anzuklopfen stürmte Carolin völlig außer Puste in Gunnars Büro.

„Ich weiß ...", sprudelte sie hervor. „Ich weiß jetzt, warum Sternentänzer so komisch war. Es gab einen Grund."

Örigson sah sie ein wenig genervt an. Er war heute ganz in Rot. Vom Kopftuch bis zu seinen Schuhen. „Ich denke, das haben wir schon geklärt. Ich habe Dr. Sanders Versprechen, dass dein Pferd nicht gefährlich ist. Also, lass die Dinge ruhen. Wir machen so weiter wie bisher, keine Sorge!"

„Aber ..."

„Caro, wir haben etwas Wichtiges zu besprechen, lass uns später darüber reden", pflichtete ihm Gunnar bei und deutete ihr mit dem Kopf an, dass sie rausgehen solle.

„Dann kann es aber vielleicht schon zu spät sein", beharrte Carolin.

Örigson guckte auf seine Uhr. „Immer der Reihe nach, Pferdemädchen! Ich werde jetzt mit Gunnar in Ruhe alles fertig besprechen, danach werde ich diese vermaledeite Bachszene endlich abdrehen und dann nehme ich mir Zeit für dich, einverstanden?"

„Nein", kreischte Carolin entsetzt. „Nein, nicht die Bachszene! Alles, nur nicht die Bachszene."

Örigson schnalzte mit der Zunge. „Dein Pferd hatte Probleme damit. Gut, oder nicht gut! Andere Pferde scheuen nicht, wenn sie Wasser sehen, also bitte. Vat Vagel!" Allmählich wurde er sichtlich ungehalten.

„Hör zu, Gunnar! Der Bach ist lebensgefährlich! Über dem Bach hängt ein dicker morscher Ast, der jeden Augenblick runterfallen kann. Deshalb war Sternentänzer so komisch. Er wollte uns alle warnen. Er wollte verhindern, dass jemand durch den Bach reitet", sprudelte Carolin aufgebracht hervor.

Örigson warf Gunnar einen fragenden Blick zu.

Gunnar zuckte die Achseln. Dann überlegte er kurz. „Könnte gut sein, dass Caro Recht hat."

Örigson schüttelte den Kopf. „Ach was! So ein Unsinn! Wie soll denn ein Pferd jemanden warnen wollen oder können?"

„Tiere haben oft eine Art siebter Sinn", erklärte Gunnar. „Sie merken Dinge schon lange, bevor sie eintreten. Vor Naturkatastrophen wie Erdbeben oder Tsunamis verändern Tiere auffällig ihre Verhaltensweisen. Das ist übrigens wissenschaftlich erwiesen." Gunnar schob seinen Cowboyhut in den Nacken. Dann griff er nach dem Telefonhörer. „Ich werde zur Sicherheit mal den Forstschutz alarmieren. Die sollen die Sache begutachten und wenn nötig diesen Ast entfernen."

Als Carolin am nächsten Tag nach der Schule in Lindenhain auftauchte, lag das Riesenteil mitten auf dem Hof.

Örigson, diesmal ganz in Weiß, eilte gleich zu ihr, als sie ihr Rad abstellte. Er legte den Arm um sie. „Da ist ja unsere Heldin!"

Toni folgte ihm und legte auf Örigsons Zeichen das Megafon an. „Alle mal herkommen, Leute! Sofort!"

Die Techniker, die Schauspieler und die ganzen anderen Filmleute ließen auf der Stelle alles stehen und liegen und versammelten sich um Örigson und Carolin. Carolin zupfte verlegen an ihrem Ärmel. *Was soll das denn werden?* Als schließlich alle versammelt waren, drehte Örigson sie zu sich. „Meine liebe Caro, hiermit entschuldige ich mich höchst offiziell im Namen des gesamten Teams bei dir. Außerdem wollen wir uns bei dir bedanken. Du und dein Pferd, ihr habt den einen oder anderen aus meiner Mannschaft vor Schaden bewahrt. Der Forstschutz meinte, ein Unglück sei in letzter Minute gerade noch verhindert worden."

„Bravo!" Die anderen klatschten und johlten zustimmend.

„Guido! Du wolltest doch auch noch was sagen."

Guido trat auf Örigsons Geheiß nach vorne und überreichte Carolin eine Schachtel Pralinen und einen Sack voll Karotten. „Keine Ahnung, was junge Mädchen heutzutage gerne so naschen. Nuss-Nougat, alles ohne Alkohol. Die Lieblingssorte meiner Frau. Bei Pferden bin ich mir wenigstens einigermaßen sicher, dass Karotten immer gut ankommen." Er klopfte ihr auf die Schulter. „Wer weiß, was passiert wäre, wenn mich dein Pferd nicht mit seinem Biss davon abgehalten hätte, durch den Bach zu reiten." Er blickte auf den Riesenast. „Ich hätte vermutlich ziemlich heftige Kopfschmerzen. Oder sogar Schlimmeres wäre passiert. Jedenfalls entschuldige ich mich für meine unüberlegten Aussagen natürlich. In der Aufregung habe ich ein paar Dinge gesagt, die ich nicht hätte sagen sollen." Er räusperte sich. „Richte das bitte auch deinem Pferd aus, zusammen mit ganz lieben Grüßen."

„Trotzdem sind Pferde gefährliche Tiere, völlig unberechenbar", murmelte Valeria, die neben ihm stand. „Man sollte von großen Tieren vorsichtshalber einfach immer Abstand halten."

Carolin grinste in sich hinein.

Örigson klatschte in die Hände. „Das wäre geklärt und jetzt gehen alle wieder an die Arbeit!" Er wandte sich an Carolin. „Meinen nächsten Film sollte ich über dich und dein Wunderpferd drehen." Carolin blieb vor Schreck beinahe das Herz stehen. *Alles nur das nicht!* Sie schüttelte schnell den Kopf.

Örigson lachte. „Keine Bange, das war nur ein kleiner Scherz. Aber im Ernst, Carolin, wenn ich dir jemals irgendwie helfen kann, zögere nicht, mich zu fragen." Er zwinkerte ihr im Weggehen zu. „Ich schulde dir einen Gefallen."

Carolin blickte ihm nach. Sie selbst war wohl am glücklichsten, dass alles noch mal so gut ausgegangen war. *Örigsons Angebot werde ich ganz bestimmt nicht in Anspruch nehmen,* da war sie sich - zumindest in diesem Augenblick - ziemlich sicher.

Am Nachmittag drehten sie dann die Bachszene noch einmal. Sternentänzer watete diesmal hoch erhobenen Hauptes und total gelassen durch den Bach. In aller Ruhe und in perfekter Haltung! Carolin fiel vor Freude ein Stein vom Herzen. Endlich war ihr Sternentänzer wieder normal!

Als die Szene im Kasten war, brachte Carolin Sternentänzer in den Stall und rieb ihn trocken.

Nick war auch gerade da und mistete die anderen Boxen aus. „Sternentänzer hat ja mal wieder ganz schön für Wirbel gesorgt", meinte er und stützte sich auf der Gabel auf. „Alle reden nur noch von deinem genialen Wunderpferd." Er grinste breit. „Wenn die wüssten, wie Recht sie damit haben." Nick war einer der ganz wenigen, denen Carolin von Sternentänzers außergewöhnlicher Gabe erzählt hatte.

Carolin nagte an ihrer Unterlippe. „Das mit dem Ast hatte ja eigentlich nichts mit seiner Gabe zu tun", entgegnete sie. „Tierische Intuition oder so ähnlich nannte das Gunnar."

Nick kratzte sich am Kopf. „Aber die anderen Pferde sind doch trotz des Astes einfach durch den Bach gerannt, oder? Kein anderes hat auch nur eine Sekunde gezögert." Er lachte. „Und wenn mich nicht alles täuscht, sind das doch auch Tiere, oder?"

Auch wieder wahr. „Stimmt."

„Also war das vermutlich doch eher Sternentänzer-Intuition."

„Hm. Was meinst du Nick? Ob Sternentänzer noch andere Gaben hat, als in die Zukunft blicken zu können? Ob er vielleicht auch Gefahren erahnen kann?"

„Oder ob er auf einem Huf über ein Seil balancieren kann? Oder ob er eventuell Kreuzworträtsel lösen kann? Letzteres wäre gar nicht übel. Überleg mal, wie viele Preise du einheimsen könntest!"

Carolin hob einen alten schrumpeligen Apfel auf und schleuderte ihn kraftvoll nach Nick. „Blödmann", kicherte sie. „Das ist mein Ernst."

„Tja", meinte Nick und zog den Kopf ein. „Diese Frage kann dir wohl niemand beantworten."

Oh doch, dachte Carolin. *Es gibt sehr wohl jemanden. Nämlich Ami. Und die werd ich fragen!*

Eine verblüffende Antwort

Es ist sowieso allerhöchste Zeit, mal wieder Ami zu besuchen. Und es ist allerallerhöchste Zeit, sich Lina vorzuknöpfen, dachte Carolin. *Das hab ich schon so lange vor.* Sie radelte den schmalen Feldweg entlang, der zu der großen Wiese am Rand von Lilienthal führte. Seit Linas Großmutter aus dem Koma erwacht war, hatte Carolin sie nur einmal besucht. Das war jetzt schon eine ganze Weile her. Und Lina hatte sich in letzter Zeit immer so komisch verhalten. „Eine schöne beste Freundin bist du, Lina, nie wolltest du mit mir reden", schimpfte Carolin vor sich hin, während sie ihr Rad nun das letzte Wegstück schob. *Und ich, ich bin auch nicht viel besser. Ich hätte Lina schon viel früher zur Rede stellen müssen. Aber vor lauter Filmkarriere hab ich meine Freunde vergessen,* gestand sie sich in Gedanken ein.

Amis kunterbunter Wohnwagen war der letzte ganz dicht am Waldesrand. Carolin lehnte ihr Rad gegen die Wohnwagenwand. Die Vorhänge waren zugezogen, alles schien wie ausgestorben. Carolin umrundete den Wohnwagen, doch es sah überall gleich aus. *Niemand da?* Sie klopfte an die Tür. Einmal, zweimal, dreimal, lauter. Nichts. Sie lief zu dem Wohnwagen, in dem Lina wohnte. Sie klopfte auch dort. Nichts! War es auch der richtige Wohnwagen? Unverkennbar. Er war hellgelb und an den Fenstern hingen apfelgrüne Vorhänge.

Gerade wollte Carolin unverrichteter Dinge wieder abziehen, als sie ihren Namen hörte.

„Caro, hallo, was machst du denn hier?“ Lina und ihre Großmutter kehrten gerade aus dem Wald heim. Offenbar hatten sie Kräuter gepflückt, denn jede der beiden trug einen großen Korb voller Grünzeug.

„Lina, hi, ich wollte dich besuchen. Dich und Ami. Hallo, Ami.“

„Hallo, Caro.“ Ami lächelte sie mit ihrem schneidezahnlosen Lächeln an. Sie hatte sich von ihrem Unfall offenbar wieder gut erholt. Ihr von tiefen Falten zerfurchtes Gesicht war wieder braun gebrannt und ihre geheimnisvollen zweifarbigen Augen strahlten wie eh und je.

„Was verschafft uns denn die Ehre?“, fragte Lina mit etwas zickigem Unterton.

„Hey, sag mal, geht’s dir noch gut?“, giftete Carolin zurück. „Du bist in letzter Zeit immer sofort weggerannt, wenn ich mit dir reden wollte. In der Pause hast du dich in irgendeiner Ecke verkrümelt! Mehr als Ja oder Nein war nicht aus dir rauszuquetschen.“

Lina antwortete nicht, sie lächelte nur leicht verlegen.

Carolin fuhr fort: „Ich hab so oft versucht dich anzurufen und bin sogar dreimal hier draußen gewesen. Aber nie war jemand da. Und auf Lindenhain hast du dich auch nicht mehr blicken lassen." Carolin hatte sich jetzt so richtig in Rage geredet.

„Jetzt könnt ihr euch ja aussprechen", mischte sich Ami ein. „Manchmal muss man eben warten können. Eine Freundschaft ist wie ein Gummiband. Kann sein, dass sie mal etwas gedehnt wird, man muss nur aufpassen, dass sie nicht reißt", fügte sie hinzu, während sie die Wohnwagentür aufsperrte. „Kommt doch rein."

Carolin zog den Kopf ein und ging in Deckung. Seit kurzem hatte Ami ein Pflegekind. Ein kleiner Rabe hauste bei ihr und der kreiste manchmal in einem Affenzahn im Wohnwagen umher, als würde er an einem Formel-1-Rennen teilnehmen.

Lina winkte ihr mit einer Handbewegung. „Kannst auftauchen, der Rabe ist nicht zu Hause."

Carolin streckte vorsichtig den Kopf wieder hoch, blieb aber wachsam. In Amis Hexenküche wusste man nie, was einen erwartete. Bei ihrem ersten Besuch war Carolin vor Angst schier gestorben, doch inzwischen fühlte sie sich hier fast wie zu Hause. Alles sah aus wie immer. An den Tür- und Fensterrahmen klebten kleine, schwarze Kräuterhäufchen, die hielten angeblich Unglück fern. Im Geschirrschrank standen fein säuberlich aufgereiht die Gläser mit Kräutern, toten Insekten, Wurzeln und zerstoßenen Knochen.

„Machst du deiner Freundin einen Jasmintee, das kannst du ja inzwischen fast so gut wie ich", orderte Ami. Sie selbst machte sich indes daran, die Kräuter vorsichtig aus den Körben zu sortieren.

Während Lina das Wasser aufsetzte, erzählte Carolin in

Kurzfassung die Ereignisse der letzten Wochen. Von den Dreharbeiten auf Lindenhain und ihrer Filmkarriere.

„Filmkarriere?“ Lina staunte nicht schlecht.

Na klar! Sie weiß ja noch von nichts.

„Puh! Klingt echt stressig. Das mit Sternentänzer ist ja auch krass“, meinte Lina. Dann wurde sie doch etwas kleinlaut und brachte schließlich eine Entschuldigung hervor. „Caro, tut mir echt Leid, dass ich mich so total zurückgezogen habe. Aber ich hatte wirklich viel zu tun in der letzten Zeit.“

„Also gut, Entschuldigung angenommen“, erwiderte Carolin spontan. „Aber nun erzähl, was war denn bei dir eigentlich los?“

Lina lächelte verschmitzt. „Wart's ab. Das wirst du schon noch früh genug erfahren.“

„Klingt geheimnisvoll.“

„Vielleicht.“

Ami setzte sich mitsamt ihren Kräutern an den Tisch.

Carolin legte eine Hand auf ihren Arm. „Ami, kann ich dir eine Frage stellen?“

Ami nickte, ihre langen goldenen Ohrringe klimperten. „Aber sicher, mein Kind.“

Carolin wartete, bis Lina drei Tassen mit Tee gefüllt und sie auf den Tisch gestellt hatte. Im ganzen Wohnwagen duftete es nach Jasmin. Carolin umfasste ihre Tasse mit beiden Händen. „Es geht wieder mal um Sternentänzer. Wie gesagt, vor ein paar Tagen ist diese merkwürdige Geschichte mit dem Ast passiert. Denkst du, er hat noch mehr Gaben? Ich meine, außer dass er in die Zukunft blicken kann?“

Ami lehnte sich zurück, schwieg und machte lediglich eine Kopfbewegung in Linas Richtung. „Frag Lina!"

Carolin wandte sich überrascht der Freundin zu. Die sah Carolin nachdenklich an. „Die erste Lektion, die ich von Ami gelernt habe, ist, dass alles seinen richtigen Zeitpunkt braucht. Wenn der gekommen ist, wirst du erfahren, ob und welche Gaben Sternentänzer noch besitzt", antwortete sie. Sie machte eine kleine Pause, bevor sie weitersprach. „Ich habe das Gefühl, dass Sternentänzer sehr viel mehr kann, als du dir jetzt in deinen kühnsten Träumen vorstellen kannst."

Wie gebannt starrte Carolin die Freundin an. „Was kann er denn noch, sag schon? Was?"

„Das wirst du erfahren, wenn die Zeit gekommen ist."

Carolin packte Lina an der Schulter und rüttelte sie. „Und wann? Wann ist die Zeit gekommen?"

Lina wehrte sich. „He, Caro, Hilfe, nicht so wild, mir wird ja ganz schwindlig."

Carolin hielt inne. Sie blickte von Ami zu Lina und wieder zurück. „*Die erste Lektion,* hast du gerade gesagt? Heißt das etwa, dass ihr mit dem Unterricht begonnen habt?", erkundigte sie sich atemlos.

Lina nickte, Ami auch.

„Ami hat mich in die Lehre genommen", erklärte Lina stolz. „Sie hat mir schon sehr viel beigebracht. Sie sagt, ich sei sehr begabt."

Ami nickte. „Oh ja. Das Mädchen hat ungeahnte Talente." Sie beugte sich verschwörerisch zu Carolin. „Lina wird mal besser sein, als ich es je war."

Carolin wusste nicht warum, aber sie bekam plötzlich

eine Gänsehaut. Mit einem Mal herrschte eine ganz merkwürdige Atmosphäre im Wohnwagen.

„Magst du noch Jasmintee?“, fragte Lina dann in die Stille.

„Nee, danke.“ Carolin stand auf. „Ich verzieh mich dann mal wieder.“

„Ich begleite Carolin noch ein Stück. Okay, Ami?“

Eine Weile marschierten Carolin und Lina schweigend nebeneinander her, Caro schob ihr Rad. Es war schwül und der Himmel ziemlich bedeckt. Es sah nach Gewitter aus und wenig später fielen auch schon die ersten Regentropfen.

„Das war toll vorhin“, begann Carolin schließlich und streckte ihr Gesicht dem warmen Regen entgegen. Sie liebte Sommerregen. Dann kicherte sie. „Du klangst richtig weise.“

„Es macht total Spaß“, nickte Lina. „Ich hab schon einiges gelernt.“

„Na erzähl schon, wie funktionieren eure Unterrichtsstunden?“

„Abrakadabra, Fidibus!“ Lina knuffte Carolin in die Seite. „Nee, Quatsch! Bis jetzt erzählt Ami viel, ich versuche mir alles zu merken.“ Sie zog ihre Schuhe aus, streckte die Arme zur Seite und tänzelte barfuß durch den Regen.

„Was denn?“

„Ach, alles Mögliche. Aber wir reden nicht nur ... Ami

gibt mir auch Biounterricht." Lina setzte ein tiefernstes Gesicht auf und tat so, als würde sie Carolin ein Blatt entgegenstrecken. „Ist das Bärlauch oder Knoblauch?"

Carolin schmunzelte. „Den Knoblauch würd ja sogar ich erkennen."

Lina verdrehte die Augen. „Hast du 'ne Ahnung! Manches Grünzeug ist sich schon verflixt ähnlich! Und ich bin sicher, es wird noch anstrengender. Wenn erst mal die magische Lehre drankommt, all das Zeug über Knochen und so, muss ich mich bestimmt höllisch konzentrieren."

„Deswegen hattest du auch so wenig Zeit, oder? Weil du mit Ami geübt hast?"

Lina nickte. „Ja, und es ist super anstrengend, das kannst du mir glauben! Stell dir vor, Ami hat mir auch schon mein erstes Kräuterglas geschenkt."

„Cool. Wie lange brauchst du eigentlich, bis du alles kannst?"

„Tja." Lina hüpfte auf dem inzwischen platschnassen Weg von einer Pfütze in die nächste. Das Regenwasser hatte sich ruck, zuck in den vielen Schlaglöchern angesammelt. „Das hab ich Ami auch gefragt."

Carolin hakte nach. „Und was meint sie?"

Lina hüpfte in eine Pfütze direkt neben Carolin, sodass das Wasser bis zu deren Nasenspitze spritzte. „Die übliche Ami-Antwort. Wenn es so weit ist, wirst du es wissen."

Platsch! Diesmal war es Carolin, sie hatte inzwischen ihr Rad abgestellt und war in eine Pfütze gesprungen. Sie hatte einen Volltreffer gelandet und Lina voll gespritzt. Kichernd wie zwei Fünfjährige hopsten die beiden Freundinnen durch den Regen. Ab und zu schielte Carolin glücklich zu Lina. *Bin ich froh, dass ich dich wieder habe,* dachte sie und merkte erst jetzt so richtig, wie sehr ihr die Freundin in der letzten Zeit gefehlt hatte.

Als es plötzlich anfing, wie aus Kübeln zu schütten, schnappte sich Caro ihr Rad und die beiden Mädchen stellten sich in einem Bushäuschen unter. Der Regen prasselte gleichmäßig auf das Glasdach, ab und an zerriss ein gewaltiger Donner die Stille. Carolin lehnte sich an Linas Schulter. Da fiel ihr auf einmal ein, dass sie ja noch etwas mit Lina zu klären hatte. „Warum bist du eigentlich so komisch zu Thorben?", wollte Carolin wissen.

Lina fuhr herum, als wäre sie von einer wilden Hummel gestochen worden. Carolin kippte zur Seite. „Wie, was meinst du denn damit? Bin ich nicht."

Carolin balancierte auf einem Bein. „Klar, bist du. Du blockst total ab, wenn er was fragt. Du rennst weg, wenn er kommt. Du schaust weg, wenn er dich anguckt. Ich dachte, du findest ihn ganz süß? Findest du ihn jetzt plötzlich doof?"

Lina fingerte verlegen an einer nassen Haarsträhne herum. Zwirbelte sie, drehte sie, strich sie wieder glatt. „Nee. Das nicht."

„Mann, Lina!" Carolin stampfte mit dem Fuß auf. „Wir zwei sind beste Freundinnen. Du kannst mir echt sagen, was los ist. Ich hab dir auch mein größtes und wichtigstes Geheimnis erzählt, damals am See." Mit einer Haarsträhne hatten sie damals am See feierlich den Schwur besiegelt, dass Lina niemals etwas über Sternentänzers Gabe verraten durfte.

Lina atmete tief durch. „Also gut, ich find Thorben ja total süß." Sie drehte sich zur Scheibe und zeichnete mit der Fingerspitze den Verlauf der Regentropfen nach.

Carolin klatschte in die Hände. „Na endlich. Er dich auch, dann passt es ja!"

„Gar nichts passt!"

„Das versteh ich jetzt aber überhaupt nicht."

Lina fuhr herum. „Mal angenommen, du hättest Recht und mal angenommen, wir kämen zusammen, dann hätte ich immer Angst, dass Thorben mich für verrückt hält, wenn er herausfindet, dass ich mich mit Magie beschäftige", gestand Lina dann in einem Satz ohne Punkt und Komma.

Mit allem hatte Carolin gerechnet, aber damit ganz bestimmt nicht. „Das glaub ich nicht!"

Ein Donner krachte. Lina lehnte sich gegen die Scheibe. „Er glaubt dann bestimmt, ich sei total schräg und lacht mich aus. Und das will ich nicht!"

Carolin strich ihr über die nassen Haare. „Mensch, Lina, Thorben ist ein total netter Kerl. Der wundert sich schon, warum du so komisch zu ihm bist. Sprich doch einfach ganz offen mit ihm und erklär ihm, warum du Angst hast!"

Lina wischte Carolins Hand weg und schüttelte den Kopf. „Vergiss es! Ich seh schon ganz deutlich vor mir, wie Julia und er zusammen tuscheln und wie sie sich in der Pause über mich lustig machen. Darauf hab ich echt keinen Bock! Und jetzt will ich keinen Ton mehr über diesen Typen hören!"

War Sternentänzers Vision falsch?

Als Carolin zwei Tage später nach Lindenhain kam, rieb sie sich erst mal die Augen. Der große Hof war leer. Keine Wohnwagen, keine Anhänger, keine Camper, keine Kamerastative, keine Menschen, die hektisch hin und her liefen. Nur Hahn Fridolin, der gemächlich Richtung Hühnerstall stakste. Und kurz darauf erspähte sie Nick, der mit einer Wagenladung Stroh Richtung Stall kurvte, sonst nichts. Wie ein Spuk, der plötzlich vorbei war. Carolin stellte ihr Fahrrad ab. Aus dem Mülleimer quollen noch ein paar Coladosen und ein paar Fast-Food-Schachteln, aber das war schon alles. *Wie schön!* Carolin stellte sich erst mal hin und schnaufte tief durch.

Als Nick sie erblickte, lief er mit Volldampf auf sie zu und bremste erst kurz vor ihren Füßen. „Endlich!"

Carolin nickte zustimmend. „Es geht doch nichts über ein leeres Lindenhain."

„Die gingen mir alle so auf den Keks mit ihrem blöden Getue, vor allem diese Valeria. Echt ätzend", erklärte Nick. „Was bin ich froh, wenn ich nur von Pferden, Hühnern und ein paar pubertierenden Gänsen umgeben bin!"

Carolin warf Nick einen bedrohlichen Blick zu. „Du meinst doch nicht etwa mich damit ...?“

„Wen denn sonst?“, grinste er frech und schob mit seiner Karre ab, Carolin hinterher. „Na warte!“

Wild kichernd jagten die beiden über den Hof. Carolin fühlte sich so befreit wie schon lange nicht mehr.

„Hey, ihr zwei!“ Vicky kam über den Hof gestapft und winkte Carolin und Nick zu sich. „Gut, dass ich gleich euch beide treffe.“

„Was gibt's denn?“, fragte Nick außer Atem.

„Der Film ist ja jetzt gedreht und die gesamten Filmleute sind abgezogen.“

„Endlich wieder Ruhe!“, japste Nick.

„Freu dich nicht zu früh. Das Filmmaterial wird nun geschnitten, bearbeitet und synchronisiert und dann steht uns eine VIP-Premiere ins Haus.“

„Eine was?“, fragte Carolin.

„Eine Vorab-Filmvorführung, nur für besondere Gäste“, klärte Nick sie auf. Dann wandte er sich an Vicky. „Passiert das etwa hier auf Lindenhain?“

Vicky nickte. „Das war Örigsons ausdrücklicher Wunsch. Er fand den Drehort hier so originell und hat sich auf Lindenhain so wohl gefühlt.“

„Und wie geht so was vor sich?“, erkundigte sich Carolin neugierig.

„Da werden jede Menge Leute eingeladen, schauen sich den Film an, schlagen sich die Bäuche voll, labern dummes Zeug, trinken Schampus und gehen wieder“, erklärte Nick leicht sauer. „Und wir müssen hinterher den ganzen Krempel aufräumen.“

Vicky zog eine Grimasse. „So ähnlich. Jedenfalls müssen wir den Hof natürlich etwas vorbereiten. Es soll alles schön festlich aussehen. Ich kann doch auf eure Hilfe zählen?“

„Klaro!“, nickte Carolin.

„Unter einer Bedingung“, meinte Nick.

„Nämlich?“

„Ich muss, falls du es tun solltest, nicht den Kuchen probieren, den du backst!“, feixte er.

„Duuuu!“ Vicky zog ihre Reiterkappe ab und schlug damit in Nicks Richtung.

Carolin kicherte. Vickys Backkünste waren wirklich die reinste Katastrophe. Sie schaffte es sogar, einen Fertigteig komplett zu verunstalten. Dennoch ließ sie sich nicht davon abbringen, es immer mal wieder zu probieren.

In der Schule nervte langsam nicht nur Dr. Hutmacher, sondern auch Lina. Mit wachsamen Augen beobachtete sie die ganze Stunde über Julia und Thorben.

„Schau dir das an! Die zwei stecken dauernd die Köpfe zusammen“, beklagte sie sich ständig bei Carolin.

Das war mittlerweile nicht nur Lina, sondern auch Dr. Hutmacher aufgefallen. „Julia, Thorben, Ruhe bitte!“

Carolin spielte mit ihrem Bleistift. „Der arme Thorben! Julia wird den noch tot nerven!“

„Er sieht aber ganz und gar nicht so aus, als wäre er genervt“, erwiderte Lina und spürte einen kleinen Stich in ihrem Herzen.

Carolin verdrehte die Augen. „Und wer bitte wäre nicht genervt von Julia Schlupf? Die ist doch völlig daneben."

Lina seufzte. „Aber sie sieht so hübsch aus. Mit ihren schönen langen glatten Haaren und ihren schönen Kleidern. Ich dagegen ..."

Carolin sah Lina an. *Komisch, dass man nicht mehr klar denken kann, sobald man in jemanden verliebt ist,* überlegte sie und nagte nachdenklich an ihrem Stift. *Man sieht Gespenster, wo keine sind, und die wirklich wichtigen Dinge erkennt man nicht mehr. Wie ich damals bei Danny.* Carolins erste und einzige Lovestory. Sie seufzte. *Verliebt sein ist total bescheuert. Ich verlieb mich nie wieder!*

In der Pause kaute Lina so betrübt an ihrem Pausenbrot, dass es sogar Thorben auffiel. Er stellte sich neben Carolin und lächelte Lina an. „Welche Laus ist dir denn über die Leber gelaufen?", fragte er. „Sag's mir und ich mach sie kalt!"

Carolin kicherte. „Welch todesmutiges Angebot!"

Auch Linas Lippen umspielte ein kleines Lächeln. Sie wollte gerade etwas entgegnen, als Julia angerauscht kam und Thorben zur Seite nahm. „Was hast du eigentlich dauernd mit dieser komischen Lina zu bequatschen?", raunte sie ihm zu.

„Hä? Lina ist doch nicht komisch."

„Ach ja? Schau dir doch nur mal an, wie die rumläuft! Diese merkwürdigen Röcke. Diese Schuhe! Und diese seltsamen Haare! Nicht zu bändigen! Die sehen aus, als hätten die noch nie einen Kamm gesehen. Unmöglich!"

„Ich find's süß."

„Süß?" Julia kreischte entsetzt und guckte, als hätte sie in eine Zitrone gebissen. „Die sieht doch immer aus, wie aus dem Secondhandladen gezogen."

Lina hatte Julias letzte Bemerkung gehört und ballte schon die Fäuste. „Die kauf ich mir, diese ...", knurrte sie wütend und machte bereits Anstalten, Julia an die Gurgel zu gehen. Carolin hatte größte Mühe die Freundin zurückzuhalten. „Lass es, das lohnt sich nicht!" Dabei grinste sie. „Diese Zicke ist doch nur voll eifersüchtig, dass sich Thorben für dich interessiert und nicht für sie."

„Na und? Was ist denn schlimm an Secondhandläden?" Thorben schüttelte den Kopf und sah Julia nur verächtlich an. „Du tust mir echt Leid, wenn du die Menschen immer nur danach beurteilst, wie sie anzogen sind oder welche Frisur sie haben."

Darauf wusste Julia nun nichts mehr zu erwidern. Wutentbrannt dampfte sie ab.

Carolin schmunzelte. „Hast du Julias Gesicht gesehen? Der hast du's aber gegeben."

Thorben winkte ab. „Solche Mädels kann ich echt nicht ab. In meiner alten Klasse waren auch ein paar von dem Kaliber, mit Sprüchen wie: ‚Meine Haarspange ist schöner als deine. Mein Shirt war teurer als deins. Ich geh zu diesem Friseur. Ich kauf in jenem Laden.' So was von hohl. Drauf steh ich echt nicht."

Carolin zwinkerte Lina zu, als Thorben verschwunden war. „Siehst du, sag ich doch."

Lina schüttelte den Kopf. „Dass Thorben Julia doof findet, muss ja noch nicht heißen, dass er sie nicht hübsch findet. Und dass er mich vielleicht nett findet, muss ja noch nicht heißen, dass er mich dann nicht doof findet, wenn er erfährt, dass ich mit Magie zu tun habe", raunte sie Carolin immer noch aufgebracht zu.

Carolin betrachtete die Freundin verwirrt. „Hä?" *Nein danke, bin ich froh, dass ich nicht verliebt bin!*

Vor dem Klassenzimmer fing Julia Carolin und Lina ab. Ein fieses Grinsen umspielte ihre rot geschminkten Lippen. „Thorben hat mich übrigens gestern besucht. Und wir haben uns geküsst. In unserer Hollywoodschaukel, wenn ihr's genau wissen wollt. Es war einzigartig", erzählte sie triumphierend. Daraufhin stolzierte sie hoch erhobenen Kopfes an ihren Platz.

Lina war völlig geschockt. Sie rang nach Luft wie ein Goldfisch auf dem Fußboden.

„Hör gar nicht hin, Lina! Das glaub ich nie im Leben. Die erzählt doch bestimmt nur Müll, wie immer", versuchte Carolin die Freundin zu trösten. „Und wenn doch, dann hätte ich mich in Thorben so was von getäuscht und das glaub ich einfach nicht." Sie sah sich nach ihm um. „Das klären wir am besten gleich. Thorben, kommst du bitte mal?"

Der saß nichts ahnend an seinem Platz und durchsuchte seine Schultasche. „Was gibt's denn?"

„Julia erzählte eben, dass du sie gestern besucht hast, stimmt das?", erkundigte sich Carolin streng.

„Ja, schon, aber ..."

„Und Julia sagt auch, dass ihr euch geküsst habt?"

„Ja, aber das war alles ganz anders ...", setzte er an. Doch genau in diesem Moment erschien Dr. Hutmacher.

Kreidebleich krümelte sich Lina auf ihrem Platz zusammen. „Der Typ ist für mich gestorben", murmelte sie enttäuscht. „Tot, mausetot."

Carolin kaute nachdenklich auf ihrer Unterlippe. „Aber ich bin sicher, dass Thorben dich mag."

Lina fuhr herum, in ihren Augen glitzerte es verräterisch. „Ach ja! Und darum besucht er Julia und knutscht auch noch mit der rum? Super! Lass uns nicht mehr über den Typen reden, okay?"

Carolin sah Lina an. Die Freundin tat ihr so Leid. Carolin wusste ganz genau, wie scheußlich sich Liebeskummer anfühlen konnte. Schlimmer als jede Krankheit. *Sollte sich Thorben tatsächlich in Julia verliebt haben? Klar, sie war superhübsch. Aber auch superdämlich. Es ist genau wie in diesem Film, wo sich der tapfere Ritter Kunibert in das geheimnisvolle Waldmädchen verliebt, aber die schöne reiche Edelfrau zunächst alles daran setzt, Kunibert für sich zu gewinnen.* Carolin biss nachdenklich auf ihre Unterlippe. *Aber schließlich war da ja auch noch Sternentänzers Vision. Thorben und Lina Hand in Hand am See. Sollte sich Sternentänzer etwa getäuscht haben? Vielleicht war seine Sicht getrübt? Ich muss das unbedingt mit Lina besprechen,* beschloss sie. *Aber nicht hier in der Schule, wo uns vielleicht jemand belauschen kann. Am besten verabrede ich mich gleich für heute Nachmittag mit ihr und fahr dann zu ihr raus. Dort können wir am besten quatschen.*

Die Tür zu Amis Wohnwagen stand sperrangelweit offen. Als Vorhangersatz hing ein dicker, alter schwarzer Teppich vor dem Eingang. Carolin spähte vorsichtig dahinter. In der Hexenküche war es fast stockfinster. Nur auf dem Tisch flackerten zwei Minikerzen und gaben einen kleinen Lichtschein ab. Außerdem stank es gewaltig. Carolin hielt sich die Nase zu. „Huhu, ist da wer?"

„Pschscht!" Das war Linas Stimme. „Komm schon, aber pass auf, dass kein Licht reinfällt."

Carolin huschte flugs ins Innere des Wohnwagens. Als sich ihre Augen allmählich an die Dunkelheit gewöhnt hatten, erkannte sie, dass Lina am Tisch saß und einen kleinen Holzhammer in der Hand hielt. Vor ihr ausgebreitet lagen ein rotes Tuch mit lauter kleinen grünen Häufchen drauf und daneben ein goldenes Tuch, auf dem verstreut ein paar weiße zerkrümelte Gegenstände lagen. Auf dem Herd blubberte und brodelte es wild in einem großen Kupferkochtopf.

Carolin setzte sich neben Lina hin. „Was machst du denn da? Zauberlehrlingsstunde?", nuschelte sie mit zugehaltener Nase.

Lina nickte leicht. Sie schien völlig konzentriert.

Carolin tippte mit dem Finger auf die hellen Krümel. „Und was ist das?"

Lina zuckte zusammen. „Bist du verrückt! Nicht anfassen! Mann!" Sie nahm das Tuch und kippte den gesamten Inhalt in den Mülleimer. „Wenn es berührt wird, verliert es seine Wirkung! Jetzt kann ich noch mal ganz von vorne anfangen. Super, Caro!"

„Du brauchst deinen Frust wegen Thorben nicht an

mir auszulassen“, murrte Carolin, die selbst auch nicht gerade die beste Laune hatte. „Zu dem Thema wollte ich dir ja sowieso noch was ganz Wichtiges erzählen.“

Lina hielt sich demonstrativ die Ohren zu. „Nein, nein, nein! Ich will davon nichts mehr hören.“

„Aber ...“

„Nein, Caro!“ Sie zwinkerte listig. „Die hellen Krümel waren übrigens Knochen.“

„Was? Ihhhhhh! Willst du damit sagen, dass ich gerade Knochen angefasst habe?“

Lina nickte. Carolin schüttelte sich angewidert. „Aber doch keine ...“ Carolin wagte es kaum auszusprechen. „... Menschenknochen.“

Lina verzog keine Miene. „Doch, natürlich.“

„Oh nein, igitt, nein!“ Carolin schüttelte hysterisch ihre Hand. „Was soll ich jetzt machen? Ich muss meine Finger desinfizieren. Hast du was da? Schnell!“

Lina konnte sich nicht mehr halten und prustete los. „Nee, Caro, das waren nur Hühnerknochen. Und das Hühnchen war auch schon tot und gegrillt und vom Döner-Türken in Grünstadt. Ich muss doch noch üben! Erst wenn ich’s wirklich kann, gibt’s die echten.“

Carolin atmete erleichtert auf. „Hast du mir vielleicht einen Schrecken eingejagt!“

„Tja“, machte Lina. „Das war die Strafe dafür, dass du immer wieder mit dem Thorben-Thema anfängst.“

„Also gut, ich erwähn ihn nie wieder.“

„Huch!“ Lina hechtete zum Herd und schob den Kochtopf zur Seite. Sie nahm die Häufchen auf dem roten Tuch und schüttete sie vorsichtig in die Flüssigkeit.

Dann zog sie einen riesigen Holzlöffel aus einer Schublade und rührte behutsam um. Carolin musste ein Kichern unterdrücken. Mit den wilden lockigen Haaren, die unter ihrem Kopftuch hervorquollen, den weiten Röcken und dem großen Kupferkessel sah Lina fast aus wie eine kleine Hexe.

„Da fehlen jetzt natürlich die Knochen, die ich wegen dir wegwerfen musste", maulte sie.

Carolin kam näher und guckte ihr über die Schulter. „Was kochst du denn da überhaupt? Euer Abendessen?"

„Klaro. Und du bist herzlich dazu eingeladen! Nee, das wird eine Art Kräutertrunk."

„Und wozu soll der gut sein?"

„Wenn du den auf Wunden streichst, heilen die ruck, zuck."

„Bei uns nehmen wir in solchen Fällen Pflaster", grinste Carolin. „Kannst du nicht was Sinnvolles zusammenbrauen? Einen Liebestrunk zum Beispiel. Oder noch besser, einen Entliebungstrunk? Den könnten wir dann in Flaschen füllen, verkaufen und richtig viel Geld machen."

Die klingenden Ohrringe kündigten Ami an, die gerade durch den Vorhang schlüpfte.

„Ami, Caro will, dass ich einen Liebestrunk braue", rief ihr Lina zu.

Ami lächelte weise. „Genau das wollte ich auch, als mich meine Mutter vor vielen, vielen Jahren in die Welt der Magie eingeführt hat."

„Und was hat Uroma dann gemeint?", fragte Lina, ohne den Blick von ihrem Kessel abzuwenden.

„Genau das, was ich dir jetzt sage: Die Liebe ist eine Magie, die wir in uns tragen, und diese Magie ist stärker als jeder Zaubertrunk es sein könnte. Es liegt an uns, diese gewaltigen Kräfte zu nutzen. Es gibt nur eine Zutat, die uns weiterhilft, und das ist Mut. Denn nur wenn wir den Mut aufbringen und dem anderen unsere Gefühle eingestehen, werden wir herausfinden, was Sache ist und ob der Einsatz sich lohnt."

„Mut", wiederholte Lina nachdenklich.

Amis grüne Augen blitzten. „Einmal, als ich etwa so alt war wie du jetzt, Lina, habe ich gut versteckt in einer verstaubten Kiste ein Büchlein entdeckt. Ich war sicher, ich hätte ‚Rezept für Liebestrunk' darauf gelesen."

„Was ist dann passiert?", wollte Lina wissen und hielt den Atem an.

„Am nächsten Tag war die Kiste weg. Spurlos verschwunden. Als ich meine Mutter danach fragte, meinte sie nur, ich hätte mich getäuscht. Aber", Ami senkte die Stimme, „etwas in ihren Augen sagte mir, dass ich mich nicht geirrt hatte."

Wenn zwei sich finden

Montag. Dritte Stunde. Mathearbeit. Megaschwierig. Dr. Hutmacher stand vor der Tafel. Unerbittlich im braunen Anzug mit Fliege. Regen. Tiefgrauer Himmel. Ein Mistwetter. Kurzum: ein Vormittag, an dem es keinerlei Grund für gute Laune gab. Doch Lina saß neben ihr und strahlte, als hätte sie soeben eine gute Fee getroffen.

Carolin kaute an ihrem Stift und brütete über ihrem Blatt. *Mist! Ich check rein gar nichts. Kein Wunder. Konzentrier dich, Caro! Ich kann keine einzige Aufgabe lösen, das gibt schon wieder 'ne glatte Sechs. Hilfe! Und ich hab Ines die letzte Sechs noch nicht mal gebeichtet. Gott sei Dank hat sie mich nie danach gefragt. Hat wohl nicht damit gerechnet, dass wir so früh zu Beginn des Schuljahres schon eine Arbeit schreiben.*

Als würde Lina ihre Verzweiflung spüren, schob sie ihr Blatt auf einmal ganz weit zu Carolin rüber. Lina hatte schon alle Aufgaben gelöst. *Ich versteh nicht, wie sie das macht,* überlegte Carolin, während sie abschrieb, was sie auf die Entfernung entziffern konnte. Lina ist ein echtes Mathegenie. *Wenn ich sie nicht kennen würde, würde ich vermuten, sie lernt Tag und Nacht. Aber sie tut rein gar nichts. Sie checkt alles einfach so. Warum ist die Welt so ungerecht?*, rätselte Carolin. *Warum? Warum müssen die einen keinen Strich lernen und können alles? Und warum lernen andere wie die Blöden und checken nichts? Ich gehör wenigstens noch zu denen, die zwar nichts checken, aber auch nichts lernen.*

Dr. Hutmacher meldete sich zu Wort. „Das war's dann, Herrschaften. Bitte legt eure Schreibgeräte zur Seite. Wir sammeln die Arbeiten ein."

Carolin knallte den Stift auf ihr Pult. „Mist!"

„Hast du nicht abschreiben können?", fragte Lina besorgt.

„Doch, schon, danke, aber ich glaube, es war zu spät. Drei Aufgaben hab ich gar nicht mehr geschafft."

„Wenn der Rest dafür richtig ist."

Carolin sah Lina fragend an. „Ist er?"

„Davon gehe ich eigentlich aus." Sie strahlte immer noch wie eine Glühbirne.

„Was ist denn heute mit dir los?", erkundigte sich Carolin, während Dr. Hutmacher die Arbeiten stapelte und in eine Klarsichtfolie packte.

„Warum fragst du?"

„Was ist so toll an diesem beknackten Tag, dass man so strahlen muss?"

„Ich hab deinen und Amis Rat befolgt und mit Thorben gesprochen", gestand Lina dann.

„Und? Sag schon! Was ist passiert?" Carolin zappelte ungeduldig auf ihrem Stuhl.

Lina legte den Arm um die Freundin und drückte ihr

einen Kuss auf die Wange. „Ich hab mir ein Herz gefasst und Thorben einfach angerufen." Sie machte eine Pause.

Carolin wedelte mit den Händen, als wollte sie Fliegen von Sternentänzers Nüstern verscheuchen. „Weiter, erzähl weiter!"

„Ich hab gesagt: ‚Hi Thorben, hier ist die Lina ...'"

„Jajajaja, komm zum Wesentlichen!"

„Wir haben uns also verabredet. Wir haben ewig lang über Gott und die Welt und Hutmacher und Lindenhain gequatscht. Zwischendurch haben wir uns einfach in die Augen gesehen und kein Wort gesprochen. Ach Caro ...", Lina seufzte tief.

„Weiter!! Hast du's ihm gesagt?", wollte Carolin wissen.

„Was denn?"

„Das mit der Hexerei?"

„Hab ich! Er hat überhaupt kein Problem mit meinen magischen Fähigkeiten, im Gegenteil, er findet das sogar total spannend. Stell dir vor, *Charmed* ist seine Lieblingssendung! Außerdem meinte er, das ganze Leben sei Magie und er will unbedingt recht bald Ami kennen lernen." Linas grüne Katzenaugen glänzten fast wie Weihnachtskugeln am Christbaum. Sie stieß einen Seufzer aus. „Er ist echt so süß! Aber weißt du, was komisch ist? Wenn er in der Nähe ist, werde ich immer ganz kribbelig und irgendwie unsicher."

„Tja, die Liebe", meinte Carolin weise. „Die macht aus den Menschen Vollidioten."

Dr. Hutmacher hatte inzwischen seine Sortier- und Ordnungsaktion beendet und sah in die Klasse. „Darf ich dann wieder um Ruhe bitten, Herrschaften!"

„Und was war das mit Julia?", raunte ihr Carolin noch schnell zu.

Linas Augen blitzten aufgebracht. „Julia hat ihn voll reingelegt. Er hat mir alles genau erzählt. Sie hat ihn in die Falle gelockt. Er sollte ihr bei der Hausi helfen. Als er dann kam, weil er es versprochen hatte, öffnete sie im Bikini die Tür." Lina kicherte. „Goldfarben, mit Tuch um die Hüfte. Thorben dachte, er sei im falschen Film."

Carolin rümpfte die Nase. „So eine Schlange!"

„Das ist noch nicht alles!" Lina lachte. „Sie hat ihn in die Hollywoodschaukel geschleppt und ihm einen Fruchtcocktail aufgedrängt. Und dann, stell dir vor, Caro, hat sie auch noch versucht ihn zu küssen!"

„Ihhhh!" Carolin riss entsetzt die Augen auf und schüttelte sich. „Die schreckt ja vor gar nichts zurück."

„Er ist dann aber ganz schnell geflüchtet."

Carolin grinste. „Diese Kröte hat ja schon vom ersten Tag an alles daran gesetzt, um ihn zu bekommen."

Lina nickte. „Er findet sie auch total doof."

Da fiel Carolin was ein. Das hatte sie ja eigentlich schon an jenem Nachmittag im Wohnwagen mit Lina besprechen wollen, aber da hatte Lina das Thorben-Thema ja total abgeblockt. „Bei eurer Aussprache, wo wart ihr da eigentlich?"

Lina sah Carolin irritiert an. „Wie meinst du das?"

„Wo habt ihr euch getroffen?"

„Im Eiscafé, warum? Wir haben zwei Eisschokoladen getrunken."

„Wart ihr dort die ganze Zeit? Oder wart ihr noch am See?"

Lina schüttelte den Kopf. „Am See? Wie kommst du denn darauf? Nein, waren wir nicht."

Unmöglich! „Lina, bist du ganz sicher, dass ihr nicht am See wart?", bohrte Carolin nach.

„Natürlich. Wir waren ewig lange in dem Eiscafé. Bis sie schlossen."

Carolin lehnte sich zurück und grübelte. In Sternentänzers Vision hatte sie Lina und Thorben am See sitzen sehen. Hand in Hand. Ihr Kopf auf seiner Schulter. Ganz deutlich. Ohne jeden Zweifel.

„Wir machen weiter im Buch auf Seite 52!" Dr. Hutmachers Stimme riss sie aus ihren Grübeleien.

Vielleicht hatte sich Sternentänzer ein bisschen in der Location, wie Örigson sagen würde, geirrt. *Falsche Umgebung!*

Kein Wunder bei dem ganzen Trubel und der Aufregung wegen der Geschichte am Bach. Das Wichtigste war, dass Lina und Thorben endlich zusammengefunden hatten. Und das hatte Sternentänzer ja ganz deutlich vorausgesehen.

Als Carolin am Abend zu Hause eintrudelte, stand Dr. Sanders gelber Sportflitzer in der Breitensteinstraße. Carolin zuckte zusammen. *Sternentänzer! Ist er krank?* Sie rauschte ins Haus.

„Dr. Sander", brüllte sie schon in der Eingangstür. „Ist was mit Sternentänzer?"

„Schrei bitte nicht so rum, Caro!" Ines kam aus dem

Wohnzimmer. Sie sah komisch aus. Sie trug eine elegante weiße Bluse und enge Jeans, die Carolin noch nie an ihr gesehen hatte. Ihre Augenlider waren hellblau geschminkt, ihre Wangen schimmerten leicht rosafarben. Und dann war da noch so ein merkwürdiges Glitzern in ihren Augen.

„Hi Mam. Wie siehst du denn aus? Ist Dr. Sander hier bei uns? Sein Wagen steht draußen?"

Ines nickte. „Er sitzt im Wohnzimmer."

„Ist irgendwas passiert? Ist er wegen Sternentänzer gekommen?"

Ines schüttelte den Kopf. „Nein, deinem Pferd geht es gut."

Sternentänzer ist also nicht krank. Aber warum ist Dr. Sander denn dann hier? Eine dumpfe Vorahnung ereilte Carolin und dann kam es auch gleich knüppeldick.

Ines fuhr sich durch die Haare. „Hör mal, Caro. Ich hab dir doch erzählt, dass ich einen sehr netten allein erziehenden Mann kennen gelernt habe."

Carolin nickte. „Die Hackbällchen." Jetzt erst fiel ihr auf, dass in der Vase im Gang ein riesiger Blumenstrauß steckte.

„Genau."

„Mam, willst du mir etwa gerade klarmachen, dass dieser nette Mann Dr. Sander ist?"

„Joachim, Dr. Sander, ja." Ines nickte und strahlte. *Mam strahlt ja beinahe so wie Lina,* schoss es Carolin durch den Kopf. *Scheint ansteckend zu sein.*

„Du willst mir jetzt sagen, dass du wegen Dr. Sander Hackbällchen gekocht hast?"

Ines nickte wieder.

Na toll! Oh nee! Damit wäre der Anhang ja praktisch Thorben. Na toll! Ich glaub's nicht! In Carolins Kopf wirbelten die Gedanken wild durcheinander. *Für diese Überraschung muss ich mich bei Ines revanchieren,* überlegte sie fieberhaft. *Das zahl ich ihr mit barer Münze heim.*

Trotzig zog Carolin das Mallorca-Ticket aus ihrer Jackentasche und wedelte damit vor Ines' Nase herum. „Dann bin ich ja jetzt überflüssig!"

„Caro, was ist das?", fragte Ines streng.

„Hab ich von Paps. Ein Flugticket nach Palma. Ich soll zu ihm nach Mallorca ziehen. Sternentänzer kann ich auch mitnehmen, für immer. Und vielleicht mach ich das ja! Wenn du nun neue Gesellschaft hast." *So, das hatte sie jetzt davon. Selber schuld.*

Doch Ines lächelte nur. „Das ist so was von kindisch, Caro. Paul ist ein selbstsüchtiger, unreifer Mann, der nur an sich denkt. Der null Verantwortungsgefühl hat. Null! Dass er dir so was anbietet, beweist es. Es steht noch gar nicht fest, ob er überhaupt geht." Ines zuckte die Schultern. „Unglaublich! Und dir macht er schon große Angebote."

Carolin setzte trotzig noch eins drauf: „Er will mich eben bei sich haben."

„Ich will dich auch bei mir haben, Caro, das weißt du ganz genau. Warte doch erst mal ab. Ich kenne deinen Vater und seine großen Pläne." Sie wedelte mit den Armen.

Carolin erwiderte nichts. Sie wusste ja nur zu gut, dass ihre Mutter Recht hatte.

„Pah!“ Ines schnaubte verächtlich. „Weißt du was, Caro, selbst wenn er gehen sollte, ich würde wetten, dass er bald wieder hier ist. Er hält es doch nirgends länger aus.“

Carolin senkte den Kopf und schwieg weiterhin.

„He, Caro, gestern kam übrigens das Ergebnis von Sternentänzers Blutprobe zurück.“ Dr. Sander war aus dem Wohnzimmer gekommen und hatte sich neben Ines gestellt. Carolin blickte von einem zum anderen. Eigentlich passten sie schon ganz gut zusammen.

„Mir egal. Er ist schon wieder gesund“, knurrte Carolin kurz angebunden. *Braucht nicht meinen, dass er sich über Sternentänzer bei mir einschleimen kann. Ich will keinen Papa-Ersatz und damit basta!*

„Gesund ist Sternentänzer schon“, bestätigte Dr. Sander. „Aber in seinem Blut waren ein paar, sagen wir mal, ungewöhnliche Werte.“

Ungewöhnliche Werte?

Ines sah Dr. Sander besorgt an. „Was hat das denn zu bedeuten?“

„Nichts, keine Bange! Caros Hengst hat offenbar nur ein paar Besonderheiten im Blut. Nichts Schlimmes.“

Na und? Sternentänzer ist ja auch ein ungewöhnliches Pferd, also! Was kümmern mich die Blutwerte!

„Die vom Labor würden sich deinen Sternentänzer gerne mal ansehen, Caro. Unter rein wissenschaftlichen Gesichtspunkten“, fügte Dr. Sander hinzu.

Zack, bumm, crash! Niemals! Nicht in diesem Leben!

„Oh nein!“, fauchte Carolin. „Finger weg von meinem Sternentänzer!“ Wütend raste sie aus dem Haus und jagte wie der Blitz nach Lindenhain. In ihren Augen sammelten sich Tränen der Wut. *Was bildete sich dieser doofe Doc eigentlich ein? Erst sich bei Ines einschleimen, dann auch noch Sternentänzer untersuchen wollen?*

Carolin legte ihren Kopf sacht an Sternentänzers weichen Bauch. Wie immer, wenn sie seine Nähe fühlte, wenn sie seinen Geruch in der Nase hatte, wenn sie das Rascheln des Strohs hörte, fühlte sie sich gleich wieder ruhiger und ausgeglichener. Sie hob die Hand und strich mit ihren Fingerknöcheln sanft über seine Ohren, während er mit den Lippen an ihrer Schulter knabberte. „Stell dir vor, Sternentänzer, der Doc und meine Mam sind zusammen", murmelte sie in sein Fell. Das Pferd schnaubte leise. „Klar, er ist nicht ganz verkehrt. Immerhin hat er uns ziemlich geholfen, als die ganzen Filmheinis gegen uns waren. Aber trotzdem! Nein, nein, nein! Ich hab schon einen Papa. Basta!"

Sternentänzer liebkoste ihr Gesicht. Seine Tasthaare kitzelten sie. Carolin kicherte. „Hast du Hunger? Ich schon!" Sie holte eine Schüssel mit Apfelschnitzen, Brotkrusten und Möhren. „Ein Schnitz für dich, ein Schnitz für mich." Auf einmal hörte Carolin Schritte.

„Nick, bist du das?", rief sie. „Ich bin hier bei Sternentänzer."

„Nein, ich bin's nur." Dr. Sanders Stimme erklang.

Oh nee! Der Doc. Auch das noch.

Dr. Sander steckte den Kopf in die Box. „Hast du kurz Zeit für mich, Caro?"

Carolin zuckte die Schultern. *Hab ich nicht, aber das wird Sie sicherlich nicht davon abhalten, mich voll zu quatschen.*

Dr. Sander lehnte sich gegen die Box. „Ich will dich nicht lange aufhalten, keine Sorge!“

Wenigstens etwas.

„Ich habe deine Mutter rein zufällig kennen gelernt, auf der Straße, ist schon eine ganze Weile her. Und jetzt kürzlich, habe ich sie wieder getroffen. Wieder zufällig, wir sind beim Bäcker Bauer ineinander gerannt. Wir fanden uns sympathisch. Dann haben wir uns auf ein Glas Wein verabredet und stundenlang gequatscht. Und wir haben uns - möglicherweise - ineinander verliebt.“

Oh Gott, wie peinlich! Aufhören! Bitte keine Details!

„Jedenfalls sind wir beide im Moment ungebunden und würden gern ausprobieren, ob wir zueinander passen könnten. Das ist noch ein sehr langer Weg und vielleicht geht alles auch ganz anders aus.“ Er holte tief Luft. „Jedenfalls hab ich ganz und gar nicht die Absicht, einen auf Ersatz-Daddy bei dir zu machen, Caro, wenn es das ist, was du befürchtest. Mir ist klar, dass du darauf keinen Bock hast. Genauso wenig übrigens wie Thorben Bock hat auf eine Ersatz-Mami.“

Stimmt, schoss es Carolin durch den Kopf. *Thorben und ich sind damit ja praktisch Leidensgenossen.*

„Ich finde, du bist ein ziemlich cooles Mädel. Thorben findet das übrigens auch und wir könnten ’ne Menge Spaß haben gemeinsam. Was sich weiter daraus entwickelt, wird man sehen.“ Er zuckte die Schultern. „Ich finde, wir sollten uns wenigstens eine Chance geben.“

Dr. Sander wandte sich zum Gehen. „Ach, und wenn du deinen Sternentänzer nicht untersuchen lassen willst, ist das selbstverständlich überhaupt kein Problem. Die Typen im Labor haben wahrscheinlich ohnehin nur ein paar Stresshormone falsch gedeutet. Also dann ..."

Carolin überlegte einen Moment. „Dr. Sander!"

„Ja."

Carolin sprang über sämtliche Schatten und kickte alle inneren Schweinehunde aus dem Weg. „Also gut. Meinetwegen."

„Prima." Dr. Sander zwinkerte ihr zu und verschwand.

Carolin drückte ihr Gesicht tief in Sternentänzers Mähne. Eigentlich war Dr. Sander ja voll in Ordnung. *Und Mam hat Recht, ich kann nicht verlangen, dass sie ewig allein bleibt. Und wenn Sternentänzer mal krank wird, ist gleich ein Arzt da.* Sie seufzte. *Alles in allem hätte es schlimmer kommen können. Wenn sich Mam zum Beispiel in Dr. Hutmacher verliebt hätte ...*

Carolin holte sich einen Mähnenkamm und bearbeitete Sternentänzers seidige Mähne. Das war zwar gar nicht nötig, aber sie hatte einfach das Gefühl, sie müsse etwas tun. Da kam ihr ein Gedanke. *Mal angenommen, Dr. Sander würde ihr Vater, oder besser Ines' Mann, dann würde ja Thorben, sein Sohn, praktisch ihr Bruder. Und mal angenommen, Thorben und Lina würden heiraten, dann wären Lina und sie miteinander verschwägert.* Carolin kicherte vor sich hin. Der Gedanke hatte was! *Und dann ziehen wir alle zusammen in ein großes, schönes Haus und sind glücklich bis an unser Lebensende ...* Carolin schnaufte tief durch. „Ach Sternentänzer! Manchmal wünschte ich, ich hätte auch jemanden, der mich so zum Strahlen bringt."

Sternentänzer kuschelte sich ganz dicht an sie, als wollte er sagen: Sei nicht traurig, du hast ja mich!

Alte Bekannte tauchen auf

Wenige Tage später war es mit der Ruhe auf Lindenhain schon wieder vorbei. Der ganze Hof war wieder voll gestellt mit Autos, Wohnwägen, Anhängern. Diesmal standen aber wenigstens keine empfindlichen Kameras und Stative herum. Quer über den Zufahrtsweg zum Pferdehof war ein riesiges Banner mit großen Buchstaben drauf gespannt: „Willkommen auf Lindenhain zur Vorab-Premiere von *Der Held, das Mädchen und die Edelfrau*."

„Wow", entfuhr es Carolin, als sie in die Hofeinfahrt einbog. *Und wir sind dabei, Sternentänzer und ich!* Eine Sekunde lang blieb sie ehrfürchtig davor stehen. *Ob man mein Gesicht unter der komischen Kappe überhaupt erkennt? Ob der Film auch bei uns im Kino läuft? Bestimmt bekomm ich von Örigson ein paar Freikarten. Dann lad ich die ganze Klasse dazu ein! Julia ärgert sich tot!* Sie ließ sich langsam auf den Hof rollen und schlängelte sich durch bis zum Radständer.

„He Caro, na."

„Hi Gunnar."

Gunnar schnaufte tief. „Mann, Caro. Der morgige

Abend ist superwichtig für uns. Es muss alles hundertprozentig klappen! Drei Fernsehteams haben sich zu dieser Vorab-Premiere angesagt. Lindenhain wird über alle Kanäle flimmern, auf der Kino-Online-Webseite bringen die sogar eine Live-Übertragung. Der Abend muss so, so gigantisch werden wie ... wie ... wie eine Oscar-Verleihung. Ach was sag ich, noch viel besser!"

„Und danach?"

Gunnar stutzte. „Was ist danach?"

„Wie geht es dann weiter mit Lindenhain?"

„Ganz normal natürlich, die Filmheinis ziehen wieder ab und wir machen hier weiter wie immer. Ein paar Reitstunden, eine Hand voll Feriengäste, Pferdepflege."

Carolin sah Gunnar an. „Warum ist es denn dann so wichtig, dass alles klappt? Eigentlich ist das doch dann ganz egal?"

Gunnar nahm seinen Cowboyhut ab und drehte ihn in den Händen. „Ach, weißt du, Caro, als ich damals Lindenhain übernommen habe, war das eine Bruchbude. Niemand, und wirklich niemand, hätte auch nur einen Pfifferling darauf gewettet, dass sich daraus was machen lässt." Er sah sich um. „Ich hab das alles hier vom ersten Moment an geliebt. Ich wusste, ich gehöre hierher. Hier ist mein Platz und hier ist meine Aufgabe. Und, verdammt, Caro, wir haben's doch allen gezeigt, oder?"

Carolin musste innerlich grinsen. Wie oft hatte sie den Spruch schon gehört! Doch sie setzte eine ernste Miene auf und pflichtete ihm bei: „Oh ja! Das haben wir, Gunnar!"

„Siehst du, und genau deswegen ist der morgige

Abend so wichtig für mich. All die Spötter und die, die nicht an mich glauben wollten, sollen Lindenhain sehen. Es ist nicht nur ein gefragter Reiterhof geworden, sondern sogar die Kulisse für einen Film." In Gunnars Augen schimmerte es verdächtig, rasch setzte er seinen Cowboyhut wieder auf. „An die Arbeit, Mädel!"

„Aye, aye, Sir!" Sie sah ihm nach. Hinter Gunnars rauer Cowboyschale steckte ein ziemlich weicher Kern.

„Carolinchen!"

Carolin stutzte, sie fuhr herum. Es gab nur einen, der sie so bescheuert nannte. *Ferdi!*

Da lehnte tatsächlich Ferdinand Reifenbach an einer Mauer und grinste über das ganze Sommersprossengesicht. Er trug eine Jeans, der man schon von weitem ansah, dass sie teuer gewesen sein musste, und ein schwarzes Polohemd. Aber sonst sah er irgendwie anders aus.

Irgendwas fehlte. Aber was? Seine blonden Haare trug er etwas länger, aber das war es nicht.

„Ferdi?"

„In voller Lebensgröße und Schönheit", flachste er und breitete die Arme aus. „Wie wär's mit 'ner anständigen Begrüßung?"

Carolin lief auf ihn zu und umarmte ihn. „Was machst du denn hier?"

„Ich wollte dich einfach mal wieder sehen", antwortete er fröhlich.

„Blödmann!“, kicherte Carolin, konnte aber nicht verhindern, dass sie dabei ein wenig rot wurde.

„Sag schon?“

„Deine Mail hat mir keine Ruhe gelassen. Ich musste dir einfach zu Hilfe eilen. Ich weiß ja, wie wichtig dir dein Sternentänzer ist“, erklärte Ferdi überschwänglich. „Hier steht dein edler Ritter, bereit zur Sternentänzer-Rettungsaktion.“

Carolin schmunzelte. „Der edle Ritter kommt zu spät. Alle Probleme sind bereits gelöst.“

„Ach, echt? Dann brauchst du meine Hilfe gar nicht mehr?“ Ferdi sah Carolin an. Er wirkte enttäuscht. *Komisch,* dachte Carolin. *Soll doch froh sein, dass alles gelöst ist!*

„Ich freu mich aber trotzdem, dich zu sehen“, fügte sie dann schnell hinzu. Und das war auch so.

„Nicht nur mich.“ Ferdi machte eine theatralische Pause. „Ich bin nämlich nicht allein da.“

„Nein!“ Carolin hüpfte vor Freude auf der Stelle hoch und runter – wie ein Gummiball. „Sag bloß ...“

Ferdi nickte. „Exakt.“

„Du hast wirklich Silberstern dabei?“

„Silberstern und Cinderella.“

„Wo, wo sind sie?“

Ferdi klopfte auf seine Jeanstasche. „Hier drin.“

„Haha.“ Carolin wollte an ihm vorbei auf den Hof laufen, doch Ferdi hielt sie zurück. „Warte! Unser Fahrer bringt die beiden im Transporter her. Nach der großen Fete. Sonst werden sie doch total nervös. Neue Umgebung und dann noch Chaos, das muss echt nicht sein.“

„Oh Mann!“ Carolin fuhr sich hektisch durch die Haare. „Ich kann’s gar nicht erwarten, Silberstern wieder zu sehen. Wie sieht er aus? Wie groß ist er jetzt? Wie hat er sich entwickelt? Sag schon!“

„Ein bisschen Geduld.“ Ferdi lächelte. „Bald kannst du alles selbst überprüfen.“

Da kam Nick aus der Scheune und winkte Ferdi zu. „Welch edler Gast auf unserem Hof!“, rief er.

Ferdi winkte zurück. „Hi Nick, alles klar? Nina kommt übrigens auch. Kennst sie ja. So eine Vorab-Premiere lässt die sich nicht entgehen.“

„Ach ja“, meinte Nick ganz beiläufig. Doch wie sehr es ihn bewegte, merkte man daran, dass ihm vor Schreck beinahe die Schubkarre umgekippt wäre. Nina war Ferdis Schwester, sie hatte langes schwarzes Haar und ein Gesicht wie eine Porzellanpuppe. Nick hatte sich ziemlich in sie verknallt. Nina fand Nick auch ganz nett, doch sie konnte sich damals nicht so ganz von ihrem Freund trennen, sie war hin- und hergerissen. Nick hatte darunter ziemlich gelitten.

„Nina fährt doch nicht etwa bei den Pferden im Transporter mit?“, wunderte sich Carolin.

Nick hörte mit großen Ohren zu.

Ferdi grinste. „Guter Witz! Nina im Pferdetransporter? Eher friert die Wüste ein. Die kommt mit ihrem neuen Freund. Der hat sich gerade einen nagelneuen Sportflitzer zugelegt und den wollen die beiden ausfahren.“

Von einer Sekunde zur anderen wechselte Nicks Gesichtsausdruck von hoffnungsvoll in tief enttäuscht. Er rauschte mitsamt Schubkarre in Richtung Stall ab.

„Und deine Mutter?"

Wenn Carolin etwas an Ferdi überhaupt nicht mochte, dann war es seine Mutter. Eine aufgetakelte, arrogante Person, die Wunder meinte, was sie sei.

„Nee, die ist in Berlin geblieben. Die hat genug von Pferden. Zurzeit macht sie mehr auf Radsport. Sie finanziert so einen Radler, der mal die Tour de France gewinnen soll."

Carolin atmete erleichtert auf. *Gut!*

„Ich hab aber noch eine Überraschung für dich", meinte Ferdi dann.

„Was denn?"

Ferdi kratzte sich am Kopf. „Na ja, ich hab beschlossen, dass ich eine Weile auf Lindenhain bleiben werde."

Das war tatsächlich eine Überraschung. Denn der übergroße Pferdefreak war Ferdi nie gewesen. Er wollte immer Eishockey-Spieler werden und hatte mit Pferden in etwa so viel am Hut wie mit Puppen. Woher daher dieser Sinneswandel?

Carolin zwinkerte ihm zu. „Lilienthal hat aber keine besonders gute Eishockey-Mannschaft, das weißt du?"

Ferdi zwinkerte zurück. „Ihr habt ja nicht einmal ein Eisstadion."

„Aber warum ...?"

Wenn Carolin genau hingesehen hätte, dann hätte sie erkennen können, wie Ferdi leicht errötete. „Ach, nur so, um Silberstern etwas Gesellschaft zu leisten und Cinderella. Mal sehen, wie die beiden Pferde sich hier so eingewöhnen."

„Cool", sagte Carolin und meinte es auch so. Sie mochte Ferdi sehr gern und als sie letzten Sommer in Berlin war, hatte er sich als wahrer Freund erwiesen.

Ferdi schielte zu ihr. „Sicher? Findest du das nicht doof?“

„Spinnst du? Wohnst du denn wieder bei deiner Tante Isodore?“

„Tante Teodora. Um Himmels willen, ich bin doch nicht völlig verrückt! Ich hab schon alles mit Gunnar besprochen. Während ich hier bin, kann ich mich im Ferienhaus einquartieren.“

„Prima, dann können wir ja mit Sternentänzer und Cinderella gemeinsam ausreiten. Die zwei werden sich freuen.“

Ferdi runzelte die Stirn. „Ausreiten? Schon, aber nur ganz langsam.“ Reiten war auch nicht gerade das, was Ferdi am besten konnte.

Carolin überlegte. Schon komisch, was wollte jemand, der nicht besonders gut und gerne ritt und der Pferde auch nicht gerade heiß und innig liebte für längere Zeit auf einem Reiterhof? Ein Eishockey-Trainingslager in Kanada wäre sicher sinnvoller gewesen. Aber egal. Ferdi war immer lustig und gut drauf und sie fühlte sich wohl in seiner Gesellschaft. Sehr wohl sogar.

„Caro, hilfst du mir mit den Girlanden und den Glühbirnen?“ Vicky kam stöhnend an. „Das sind so viele, ich werd sonst nie mehr fertig.“ Sie hielt sich den Rücken.

„Klar. Ich muss dann mal“, verabschiedete sich Carolin von Ferdi und folgte Vicky zum Haupthaus.

Carolin hatte auf Lindenhain so viel geschuftet, dass ihr am nächsten Morgen der Rücken wehtat und sie kaum noch in der Lage war, ihren Arm zu heben. Stöhnend hievte sie sich aus ihrem Bett. Sie kam sich vor wie eine Neunzigjährige. „Das kommt vom Glühbirnenaufheben und Festmachen und Aufheben und Festmachen“, murmelte sie vor sich hin. „Vat Vagel, schwankende Hühnerstange, würde Örigson jetzt wohl sagen.“

Mühsam quälte sie sich die Treppe hinunter und stolperte in die Küche. Sie schüttelte etwas Schokomüsli in ein Schälchen und gab kalte Milch dazu. Doch als ihr Blick auf die Uhr fiel, blieben ihr die Schokoflocken im Hals stecken.

„Oh nee!“ Nichts wie los! So schnell es eben ging mit ihrem Muskelkater, flitzte Carolin Richtung Schule. Wie so oft, seit Dr. Hutmacher ihr Klassenlehrer war, fuhr sie mit einem Grummeln im Bauch dorthin. Siedend heiß fiel ihr plötzlich ein, dass heute ja Freitag war. Das hieß, sie würden ihre Matheaufgabe zurückbekommen. „Ich hab Ines immer noch nicht die letzte Sechs gebeichtet“, murmelte Carolin vor sich hin. „Ich muss mir echt was einfallen lassen“, brabbelte sie nervös, während sie durch die offene Bahnschranke radelte.

Dr. Hutmacher war noch nicht da, als Carolin das Klassenzimmer betrat, dafür aber Lina und Thorben. Die beiden hockten eng nebeneinander auf dem Pult in der ersten Reihe und ließen ihre Beine baumeln.

„Stell dir vor, Caro, Thorben sitzt nicht mehr neben Julia. Er hat mit Heike Platz getauscht“, erzählte Lina begeistert.

Carolin grinste. „Rino statt Nerv-Julia. Auch nicht schlecht."

Thorben nickte. „Hey, komm schon, Caro! Rino ist voll in Ordnung, glaub ich zumindest."

Lina legte den Kopf glücklich an Thorbens Schulter. „Wenigstens lädt der dich nicht zu sich nach Hause ein und versucht dich zu küssen."

Bevor Thorben antworten konnte, stand Dr. Hutmacher im Klassenzimmer und zog seine gefürchtete Mappe aus der abgewetzten Aktentasche. Er trug wieder einen Anzug im üblichen Stil. *Er muss eine ganze Kollektion davon in seinem Kleiderschrank haben, in den unterschiedlichsten Farben,* überlegte Carolin.

Dr. Hutmacher rieb sich die Hände. „Dann wollen wir mal anfangen!" Er strich über seine Krawatte und lächelte selbstzufrieden durch die Reihen. „Es ist doch enorm, wie ein guter Unterricht dazu in der Lage ist, das Leistungsniveau zu steigern. Ihr habt in dieser Arbeit einen deutlich besseren Durchschnitt erzielt als in der ersten. Deutlich!" Er nahm die erste Arbeit aus seiner Mappe und las den Namen vor. „Carolin Baumgarten."

Carolin zuckte zusammen und hielt die Luft an. *Bitte keine Sechs! Lina, jetzt hängt alles an dir!*

Dr. Hutmacher wedelte mit seiner Goldrandbrille. „Du hast in der letzten Zeit viel geübt, nicht wahr, Carolin?"

Nicht eine einzige Minute, wann denn auch? Aber Carolin nickte trotzdem schnell.

„Sehr lobenswert. Und sehr erfolgreich. Das intensive Lernen trägt nämlich bereits erste Früchte." Er legte ihr die Arbeit auf den Tisch. Ganz oben stand eine dicke rote Drei. *Jipppiiiiieh! Danke Lina, danke Lina, danke Lina!,* jubelte Carolin innerlich.

„Beim nächsten Mal wird es dann noch besser, du wirst sehen. Im Unterricht aufpassen, zu Hause lernen, das ist das Erfolgsrezept, wie man an Carolin sehen kann", predigte Dr. Hutmacher.

Carolin zwinkerte Lina zu. Der arme Dr. Hutmacher war so begeistert von Carolins Leistungssteigerung, dass sie nun doch den Hauch eines schlechten Gewissens spürte. Aber nur einen Hauch. Was zählte, war schließlich das Ergebnis. Eine satte Drei.

Nach der Stunde kam Julia angeschlichen und stützte sich auf Carolins Pult. „Gratuliere zu deiner grandiosen Leistungssteigerung, Caro", meinte sie spöttisch.

Grrrr! Carolin ballte innerlich die Fäuste. *Diese dämliche Pute! Am liebsten würde ich sie vierteilen und mit einer Marssonde zum Roten Planeten jagen. Für immer und ewig.* „Na, sag schon, was willst du?"

Julia zwinkerte mit ihren getuschten Wimpern. „Heute Abend ist doch große Premierenfeier auf deinem Reiterhof. Soll ja ein Riesen-Ereignis werden, hieß es", begann Julia dann. „Mit großem Promiaufgebot. Vielen wichtigen Leuten und so."

„Ja, und?"

„Na ja, ich dachte, du kannst mir bestimmt eine VIP-Eintrittskarte besorgen, oder Caro? Ist doch bestimmt eine Kleinigkeit für dich."

Aha, daher wehte der Wind! Carolin lehnte sich ganz ruhig zurück und grinste breit. „Und wenn ich das nicht kann?"

„Na, da solltest du noch mal drüber nachdenken. Ich könnte mir nämlich gut vorstellen, dass es Dr. Hutmacher vielleicht interessieren könnte, dass ...", setzte sie schnippisch an und schielte auffällig in Richtung Lina.

Carolin zog eine Grimasse. „Ist das ein Erpressungsversuch? Was willst du mir denn überhaupt nachweisen? Gar nichts!"

Julia zupfte an ihrem T-Shirt herum. „Ach, nenn es, wie du willst. Aber ..."

Da platzte Carolin der Kragen. „Vergiss es besser gleich, Julia Schlupf. Von mir bekommst du ganz sicher keine Karte! Niemals! Nicht in einer Million Lichtjahren. Am besten, du lässt mich jetzt in Ruhe."

Julia warf mit einer theatralischen Bewegung ihre Haare in den Nacken. „Pah! Soll sowieso ein ganz bescheuerter Film sein. Voll langweilig! Auf so was kann ich echt verzichten. Aber ..." Wutschnaubend richtete sie ihren Zeigefinger auf Carolin. „Das wird dir noch mal verdammt Leid tun, Carolin Baumgarten, so wahr ich Julia Schlupf heiße!" Empört dampfte sie davon.

Carolin schmunzelte vor sich hin.

Ein traumhafter Abend

Lindenhain erstrahlte in festlichem Glanze, als Carolin am Abend dort eintraf. Überall hingen bunte Glühbirnen, rechts und links des Weges steckten brennende Fackeln. In der Mitte des Hofes war eine Art Tribüne aufgestellt, davor erhob sich eine Bühne mit einer riesigen Leinwand hinter einem rubinroten Vorhang. Ringsum standen kleine runde Bistrotische, gedeckt mit weißen Lackfolien. Darauf waren Sektkelche und silberne Eiskübel abgestellt, aus denen die Hälse von riesigen Sektflaschen ragten. Rote Teppiche bedeckten die Pflastersteine und über die gesamte Front des Haupthauses war ein rotes Banner gespannt. Darauf stand in riesigen goldenen Buchstaben: *Der Held, das Mädchen und die Edelfrau, Vorab-Premiere. Ein Film von Sven Örigson.*

Auch Carolin hatte sich richtig schick gemacht, was gar nicht so einfach gewesen war. Denn außer Hosen, Shorts, Shirts, Pullis und Jacken hing nicht viel mehr in ihrem Schrank. Ines hatte ihr ein paar Probeteile aus Florentines Boutique mitgebracht und die hatte sie alle anprobieren müssen. Das Schaulaufen vor Ines war anstrengender gewesen, als den Stall auszumisten und führte zu keinem Ergebnis. Ines wollte sie in ein rosa Kostüm mit Spitzenbluse stecken, doch Carolin hatte mit Händen und Füßen protestiert. „Darin seh ich aus wie ein Zirkusgaul!“

„Ach was, Schatz. Du siehst endlich mal aus wie ein richtig süßes Mädchen“, hatte Ines geseufzt.

„Nein danke!“

Also brachte Ines alle Teile wieder zurück zu Florentine. Aber sie gab nicht auf und kam mit einem Kleid zurück. „Florentine meint, das könnte dir gefallen.“

„Mam, lass es, ich zieh eine dunkle Hose an und ein weißes Shirt, und basta!“

„Sieh’s dir wenigstens mal an! Du bist einer der Stars des Abends, du kannst nicht rumlaufen wie jeden Tag, Caro.“

Auch wieder wahr. „Also gut.“

Das Kleid war klasse. Dunkelblau, schlicht, sportiv, aber doch elegant. Ines war begeistert, Carolin auch.

„Das ist wie für dich gemacht“, schwärmte Ines. „Ein bisschen dunkler Lidschatten, passende Schuhe und du wirst heute Abend alle anderen ausstechen.“

Carolin zog das Kleid an und drehte sich vor dem Spiegel. Ihr gefiel, was sie sah. Nur die Sache mit den Schuhen gestaltete sich noch etwas kompliziert. Ines wollte ihr Schuhe andrehen, die vorne spitz waren und hinten hoch.

„Nee, Mam, damit kann ich keine fünf Meter gehen. Dann fall ich auf die Nase, reiße mein schickes Kleid kaputt und bin die Lachnummer des Abends.“

Ines hatte Verständnis und erlaubte Carolin, weißblaue Sneakers dazu anzuziehen. Ausgesprochen schwierig war es auch gewesen, mit dem Kleid Fahrrad zu fahren, doch Carolin hatte es dann kurzerhand bis zu ihren Oberschenkeln hochgeschoben, bevor sie in die Pedale trat.

Auch Vicky sah wunderschön aus. Sie stand neben dem Haupthaus und winkte Carolin zu, als sie ihr Rad abstellte. Ihre dunklen Haare kräuselten sich in vielen kleinen Löckchen, in die sie weiße Blumen gesteckt hatte. Sie trug ein blütenweißes Kleid – fast wie eine Braut.

„Wow!", staunte Carolin, die Vicky sonst nur in Reiterklamotten oder Jeans kannte.

„Danke gleichfalls." Vicky lächelte.

Carolin sah sich um. „Sind schon viele Gäste da?"

„Geht so. Langsam, aber sicher trudeln sie ein."

Carolin blieb bei Vicky, bis sich die meisten Reihen gefüllt hatten. Sie fühlte sich komisch. Ungewohnt. Unbehaglich. Unsicher. Normalerweise war Lindenhain wie ein Zuhause für sie, doch heute war alles so anders. Am liebsten hätte sie sich bei Sternentänzer im Stall verkrochen. Doch Gunnar hatte die Pferde für diese eine Nacht ausquartiert, denn nach dem Film war ein Feuerwerk geplant. Ein Ereignis, das Pferde gar nicht mögen.

Auf einmal pfiff hinter ihr jemand durch die Zähne. „Hey, hey, schick, schick! Fast hätte ich dich nicht erkannt!"

Ferdi! Carolin drehte sich um und stutzte ebenso. Ferdi trug einen eleganten schwarzen Anzug, hatte seine blonden Haare nach oben gegelt und sah aus wie ein

Gentleman. Er winkelte seinen Arm an und hielt ihn ihr hin. „Darf ich Madame zu ihrem Platz geleiten?"

Carolin war so verlegen, dass sie gar nicht wusste, wohin sie gucken sollte. Sie hakte sich unter. Arm in Arm schritten sie hinüber zur Tribüne.

„Weißt du, wo dein Platz ist?", raunte ihr Ferdi zu.

Carolin schüttelte den Kopf. „Keine Ahnung."

„Dann hoffen wir mal, dass die Stühle beschriftet sind." Waren sie. Gleich in der zweiten Reihe waren zwei Plätze für Carolin reserviert. „Caro Baumgarten" stand auf einem. „Begleitung Caro Baumgarten" auf dem daneben.

Galant lieferte er sie ab. „Dann viel Spaß!" Ferdi wollte sich zurückziehen.

„Warte, Ferdi! Setz du dich doch neben mich!"

Ferdi zögerte. „Hast du denn keine andere Begleitung? Mutter? Vater? Freund? Sternentänzer?"

Carolin grinste. „Weder noch. Sternentänzer hatte heute Abend leider schon etwas anderes vor, also?"

Ferdi deutete eine Verbeugung an. „Dann ist es mir eine ganz besonders große Ehre, Fräulein Baumgarten."

„Ich bin kein Fräulein", entrüstete sich Carolin prompt.

Als alle saßen, erklang laute Trompetenmusik. Der rubinrote Vorhang öffnete sich und gab eine Leinwand frei. „Da ist ja mein Lindenhain", murmelte Carolin stolz. Gleich darauf jagte eine Reiterschar durch das Bild. „Und da, da, siehst du, Ferdi, der dritte Reiter, das bin ich! Und Sternentänzer! Sieht er nicht am allerschönsten aus?", flüsterte Carolin aufgeregt, krallte ihre Finger in Ferdis Arm und genoss jede Minute des Films.

Als der Vorhang zufiel, umspielte ein kleines Lächeln Carolins Lippen. Die Liebesgeschichte im Film hatte sie wieder an Lina und Thorben erinnert. *Lina, das Waldmädchen Margarita mit den magischen Kräften und Julia, die reiche Edelfrau, wollen beide den gleichen Mann. Und der entscheidet sich am Ende für das Waldmädchen. Wie im richtigen Leben. Komischer Zufall. Wirklich Zufall?*

Nach der Aufführung begleitete Ferdi sie an einen der stilvoll gedeckten Tische. Carolin blickte sich um. Sie fühlte sich wie verzaubert. Die vielen Lichter, die festlich gekleideten Gäste und der wunderschöne Film. Die Nacht war lau und es wehte ein Hauch von Wind. Gerade so viel, dass es angenehm war. Schon ein merkwürdiges Gefühl, Sternentänzer und sich selbst so groß auf der Leinwand zu sehen! In Carolins Bauch kribbelte es noch immer, als wäre eine Armee Ameisen unterwegs. *Und morgen kommen Silberstern und Cinderella. Schon komisch! Manchmal läuft im Leben alles wie geschmiert. Alles klappt. So wie jetzt. Diesen Augenblick will ich für immer in meinem Herzen speichern, um ihn dann, wenn's mal wieder nicht so rund läuft, rauszuholen,* beschloss Carolin und legte den Kopf in den Nacken. Die Sterne blitzten so zahlreich am Himmel, als hätte sie jemand bestellt.

Da gesellte sich Nick zu ihnen. Carolin hätte ihn im Anzug beinahe nicht erkannt. Er war frisch rasiert, was nicht täglich vorkam, auch seine Haare standen nicht kreuz und quer, wie es sonst der Fall war, sondern hatten sich auf eine Richtung geeinigt, sein vom Arbeiten an der frischen Luft gebräuntes Gesicht kam durch das weiße Hemd gut zur Geltung. Carolin musterte ihn lächelnd. *Sieht fast aus wie Brad Pitt, mein Stallkumpel.*

„Wo ist denn Lina?", erkundigte er sich.

Carolin zuckte die Achseln. „Keine Ahnung. Eigentlich wollte sie zusammen mit Thorben kommen. Ich hab ihnen extra zwei Karten besorgt."

„Hallo, Bruderherz!" Auf einmal stand Nina neben Ferdi. „Hi Caro, hallo Nick."

Sie sah bildhübsch aus wie immer. Wie eine Puppe! Sie trug ein zartes, hellgrünes Chiffonkleid, das ihren Körper umspielte, die langen schwarzen Haaren fielen auf ihre zarten Schultern. *Wie frisch aus dem Bilderbuch,* grinste Carolin und beobachtete Nick. Er hatte ihr damals furchtbar Leid getan, als die dumme Pute ihn verlassen hatte. Nick starrte Nina an wie eine Erscheinung. Carolin hob ihr Saftglas. *Ganz klar, immer noch verknallt!* Auch Nina musterte ihn interessiert und stellte sich auffällig eng neben ihn. Doch dann kam ihr Sportwagenfreund mit zwei Gläsern in der Hand.

„Hier Püppi, was zu trinken für dich."

Püppi, das passt, schmunzelte Carolin. Demonstrativ drängelte er sich zwischen Nina und Nick und prostete in die Runde. „Auf euer Wohl!"

„Das ist Ottmar von Herrenburg", stellte Nina ihren Freund vor.

Genau so sieht er aus. Geschniegelt und geleckt von

den gegelten dunklen Haaren bis zu den glänzenden Schuhspitzen. Gut, er sieht nicht übel aus, aber kein Vergleich zu Nick. Wenn ich wählen müsste, dann würde ich Nick nehmen, überlegte Carolin. *Das muss ich ihm unbedingt sagen.* Sie sah sich um. Doch Nick hatte sich bereits verdrückt. Carolin schickte Nina einen bitterbösen Blick. *So eine doofe Kuh!*

„Meine geschätzten Damen und Herren, liebe Gäste, darf ich um Ihre Aufmerksamkeit bitten!"

Örigson hatte sich ein Mikrofon geschnappt. Heute trug er wieder den schwarzen Mantel und den schwarzen Schlapphut. Er sah genau so aus wie damals, als Carolin ihm das erste Mal begegnete. Sie nippte an ihrem Saftglas. Was seitdem alles geschehen war!?

„Eine Filmpremiere ist für mich jedes Mal wie die Geburt eines Babys. Ein langer, oftmals schmerzhafter Weg, der manchmal deutlich länger dauert als neun Monate, ist zurückgelegt und nun gilt es, das Neugeborene gebührend zu feiern. Ich freue mich sehr, dass Sie so zahlreich erschienen sind. Mein besonderer Dank gilt heute Abend natürlich Gunnar Hilmer und seiner gesamten Truppe auf Lindenhain, die uns einen sehr angenehmen Aufenthalt ermöglichte. Und noch ein ganz besonderes Dankeschön geht an Caro und ihr Pferd Sternentänzer." Der Beleuchter richtete einen Spot auf Carolin, die am liebsten in ihrem Saftglas versunken wäre. „Die beiden haben uns vor einem großen Unglück bewahrt, vielen Dank!"

Die Menge applaudierte und Carolin setzte ein schüchternes Lächeln auf.

„Ich bin echt total stolz auf dich", raunte ihr Ferdi zu.

„Ich wünsche uns allen noch einen schönen Abend und unserem gemeinsamen Baby einen kometenhaften Aufstieg in den Kinohimmel."

Das war der Auftakt für das Feuerwerk. Eine Leuchtrakete nach der anderen schoss in die Höhe und explodierte am Himmel in Tausende kleiner bunter, glitzernder Sterne. Carolin schaute in den hell erleuchteten Nachthimmel und fühlte sich herrlich. Nur ein kleiner Wermutstropfen trübte ihr Glück. Zu gern hätte sie diesen Abend gemeinsam mit Lina genossen, aber die war im Moment wohl lieber mit Thorben zusammen. Was Carolin aber nicht wusste, war, dass sich Lina den ganzen Abend über ganz in der Nähe aufgehalten und jede Minute mitbekommen hatte. Sie lag oben auf dem Hügel bei den knorrigen alten Linden barfuß im Gras und blickte auf Lindenhain. Thorben lag ganz dicht neben ihr. Die beiden hielten sich an den Händen und waren dem Himmel noch ein bisschen näher als alle anderen.

In dieser Nacht träumte Carolin von Waldfeen, von edlen Rittern auf weißen Pferden, von Brad Pitt und von einer Armee aus kunterbunten Sternen. Als sie am Morgen aufwachte, spürte sie immer noch dieses wohlige, unbeschwert leichte, kribblige Gefühl in ihrem Bauch. Sie streckte sich und sprang aus dem Bett. *Silberstern kommt!* Voller Elan hüpfte Carolin die Treppe hinunter und bereitete alles für das Frühstück vor. *Ines soll auch was von meinem Glück abbekommen! Wenigstens ein Schokocroissant.* Sie deckte den Tisch, dann lief sie schnell noch mal hoch ins Bad, riss die Badezimmertür auf und – Schock! Da stand ein fremder Mann in ihrem Badezimmer! Nicht ganz fremd, aber immerhin ...

Es war Dr. Sander mit leicht zerwühltem Haar und verschlafenem Blick. „Morgen, Caro."

Carolin schluckte. Einmal, zweimal. *Wie peinlich! Wie superpeinlich! Wenigstens war er angezogen, er trug Ines' Bademantel.*

„Äh, sorry!" Carolin knallte die Tür schnell wieder zu. *Bloß gut, dass ich heute so gute Laune habe! Die kann mir niemand verderben. Nicht einmal ein Tierarzt im Badezimmer!*

„Du, Schatz ..." Ines stand inzwischen unten in der Küche. Sie trug einen vornehmen roten Morgenmantel aus Seide, den Carolin noch nie gesehen hatte, und hantierte am Geschirrschrank herum. „Ich leg mal noch ein Gedeck auf, wir haben nämlich Besuch."

Aha! Deshalb wollte Ines also nicht mit zur Premiere. Sie hat die sturmfreie Bude genutzt!

Carolin nickte leicht. „Hab ich schon im Bad getroffen."

Ines stellte die Tasse auf den Tisch. „Sag mal, ist das schon okay für dich, Caro?"

Kann ich was dagegen tun? Nein. Und solange sich nicht Dr. Hutmacher in meinem Bad rumdrückt und seine drei Haare auf dem Kopf ordnet! Obwohl das sicher extrem nützlich für meine Mathenoten sein könnte.

„Schon okay." Aber ein Frühstück zu dritt, das ging ganz entschieden zu weit.

„He Caro, ich muss nachher sowieso in Lindenhain vorbeifahren und was abgeben, soll ich dich im Auto mitnehmen?", rief ihr Dr. Sander von oben zu. *Nee, nee, nee, vielen herzlichen Dank!* Auch das ging entschieden zu weit. Carolin schnappte sich nur schnell ein Croissant und beeilte sich, damit sie aus dem Haus kam.

Es war ein wunderschöner, warmer Tag. Die Vögel zwitscherten um die Wette und in der Luft lag die Leichtigkeit eines Sonnentages. *Silberstern. Er muss inzwischen ungefähr zwei Jahre alt sein,* überlegte Carolin, während sie nach Lindenhain radelte. *Ich freu mich so unglaublich darauf, ihn endlich wieder zu sehen! Und Cinderella. Und nicht nur das, sie alle werden bleiben. Hier auf Lindenhain. Ferdi auch. Sternentänzer wird sich freuen! Wenn der wüsste, dass seine ganze Familie im Anrollen ist!* Carolin hätte in diesem Moment laut schreien können vor Glück. Und das tat sie dann auch. „Juchhuuuuuu!"

Ferdi war im Gemeinschaftsraum beim Frühstück. Carolin holte sich eine Tasse Kakao und setzte sich zu ihm.

„War ein genialer Abend gestern", meinte er, während er seine Brötchenhälften dick mit Butter und Himbeermarmelade bestrich. „Du sahst wirklich richtig toll aus in dem Film."

„Danke", murmelte Carolin verlegen.

„Du musst mir versprechen, dass – falls ich noch da sein sollte, wenn der Film ins Kino kommt – du mit mir reingehst. Wenn ich schon wieder weg bin, dann eben in Berlin, okay?"

„Klar." Carolin pustete in ihren Kakao. *Ich muss den Film mit Ferdi anschauen, mit Lina, mit Ines, mit Julia und Co., mit Paul natürlich auch und vermutlich auch mit Tante Annabel. Am Ende werde ich jeden Dialog auswendig können!*

Sie nippte am Kakao, aber er war immer noch zu heiß. „Wie lange bleibst du eigentlich auf Lindenhain?"

Ferdi zwinkerte verschwörerisch. „Nun ja, kommt ganz darauf an."

„Wie sich Silberstern und Cinderella eingewöhnen?"

„Auch das."

Klang geheimnisvoll. „Worauf denn noch?"

„Ach, mal sehen", meinte er und knabberte an seinem Himbeerbrötchen.

Carolin betrachtete ihn über ihre Kakaotasse, dann fiel es ihr wie Schuppen von den Augen. *Die Segelohren!* Nun wusste sie, was anders war an Ferdi. Früher waren seine Ohren weit abgestanden, doch jetzt lagen sie anständig an.

„Du, Ferdi, was ist eigentlich mit deinen Ohren passiert? Die sehen irgendwie anders aus?"

Ferdi grinste und schluckte den letzten Rest seines Marmeladenbrötchens weg. „Es gibt da einen ganz neuen Klebstoff und ich bin der Erste, der ihn testet. Ein Menschenversuch sozusagen. Wenn es klappt, dann wird dieser Klebstoff die Welt verändern. Stell dir vor, was man alles ankleben könnte. Zähne, Beine, Haare. Wir bräuchten keine Ärzte mehr, keine ..."

Carolin kicherte. „Blödmann, sag schon!"

„Meine Mutter hat mich zu einer Ohrenoperation gezwungen. Kennst sie ja, wenn die sich mal was in den Kopf gesetzt hat, gibt's kein Entrinnen!"

Oh ja, sie kannte Ferdis Mam! Carolin schüttelte sich. „Ihhh, das tut doch bestimmt voll weh, wenn jemand an deinen Ohren rumscheidet."

„Zum Glück haben die mich vorher mit einer dicken Spritze nach Schlummerland geschickt. Als ich wieder zu mir kam, hatte ich zwei angelegte Ohren!"

Carolin verzog das Gesicht. Ihr wurde schon bei der Vorstellung allein ganz anders. „Puh. Da hätte ich echt keine Lust drauf!"

Ferdi zuckte mit den Schultern „Hatte ich auch nicht. Aber meine Mutter ..."

Armer Ferdi! Mit so einer doofen Mutter ist er echt gestraft. Carolin trank ihren Kakao. *Da hab ich mit Ines ja echt noch Glück. Trotz Tierarzt im Badezimmer!*

„Apropos Mutter, hätt ich fast vergessen." Ferdi bückte sich und übergab Carolin einen großen Kanister, gefüllt mit einer hellen Flüssigkeit. „Ein kleines Geschenk."

„Was ist denn das?"

„Milch für dein Müsli", kicherte Ferdi. „Die Berliner Milch ist gesünder, also hab ich dir einen Kanister voll mitgebracht!"

„Scherzkeks, sag schon, was ist das?"

„Kamelmilch."

„Sehr witzig."

Ferdi schüttelte den Kopf. „Nee, im Ernst! Die ist für Silberstern und Cinderella. Meine Mutter hat übers

Internet herausgefunden, dass die Berber ihren Arabern früher Kamelmilch gaben und die besonders schön wurden. Also hat sie das Zeug besorgt. Haben die beiden Pferde in Berlin immer gekriegt."

Carolin prustete los. „In Lilienthal haben wir aber gar keine Kamele."

„Tja", Ferdi zuckte die Achseln. „Ich fand's auch total übertrieben, aber du kennst ja meine Mutter."

Da steckte Vicky den Kopf in den Gemeinschaftsraum. „Ferdi, Carolin, der Transporter mit den Pferden kommt gerade an!"

Carolin sprang so schnell auf, dass der Kanister mit der Kamelmilch umkippte, und jagte nach draußen. Ein silbergrauer Transporter bog gerade in die Hofeinfahrt. Er rollte langsam auf die Mitte des Platzes und kam dort zum Stehen. Der Fahrer stieg aus, öffnete die hintere Tür und schob die Rampe raus. Carolin zitterte vor Aufregung und nagte an ihrer Unterlippe wie ein Biber an einem Baumstamm.

Zuallererst erschien Cinderella. Die rabenschwarze Araberstute reckte neugierig ihren eleganten Kopf und spähte umher. Vielmehr als der Kopf war von ihr ohnehin nicht zu sehen. Sie war eingepackt wie eine wertvolle Vase, die mindestens bis China geschickt werden sollte. Transportgamaschen schützten ihre Beine, Glocken aus Gummi und Schaumstoff zusätzlich den Hüftbereich. Auf ihrem Rücken lag eine Decke, sie trug ein gepolstertes Stallhalfter und ihren Schweif verhüllte ein Schweifschoner. Carolin musste grinsen.

Cinderella schüttelte sich, dann setzte sie sich gemächlich in Bewegung. Als sie Carolin entdeckte, wieherte sie ihr entgegen. Dann drehte sie sich um und machte eine Bewegung mit dem Kopf ins Innere des Transporters. Du kannst rauskommen, sollte das wohl heißen. Denn gleich darauf erschien Silberstern. Ohne Schutzbekleidung. Denn Silberstern hatte sich mit aller Kraft dagegen gewehrt, wie der Fahrer Ferdi später erklärte.

Beim Anblick des Pferdes stockte Carolin der Atem. Aus dem kleinen vorwitzigen, niedlichen, pechschwarzen Hengstfohlen mit den schwarzen Kohleaugen und dem kleinen weißen Keilstern auf der Stirn war der schönste Hengst geworden, den Carolin jemals gesehen hatte. Wie eine zweite Ausgabe von Sternentänzer, nur in Schwarz! Sternentänzers kleines Fohlen. Er hatte genau wie sein Vater in einer wilden, stürmischen Vollmondnacht das Licht der Welt erblickt. Carolin erinnerte sich noch an jede Sekunde dieser dramatischen Nacht. Silberstern schüttelte seinen eleganten Hals. Seine seidige pechschwarze Mähne glänzte im Sonnenlicht, sein schlanker, aber muskulöser Körper sah aus wie gemalt. Er zögerte kurz, dann erblickte er Carolin. Sofort reckte er seinen Hals nach oben, begann laut zu wiehern und war kaum noch zu halten.

„Silberstern“, murmelte Carolin und sprang zu ihm auf die Ladefläche. „Mein kleiner, süßer, wunderschöner Silberstern.“ Der war nun ganz ruhig und beschnupperte Carolin mit seinen samtweichen Nüstern von oben bis unten. Carolin war so überwältigt, dass sie mit den Tränen zu kämpfen hatte.

Erfolglos. Ein paar Minuten später rannen dicke Tränen über ihre Wangen. Besorgt schnüffelte Silberstern über ihr nasses Gesicht. Seine Oberlippe kitzelte sie. Carolin musste kichern.

Ferdi klopfte ihr besorgt auf die Schulter. „Was ist denn los, Caro?"

„Nichts", schluchzte sie und wischte die Tränen mit dem Handrücken weg. „Ich bin einfach nur so wahnsinnig glücklich, Ferdi!"

Wenig später war die ganze prachtvolle Pferdefamilie vereint. Sternentänzer, Cinderella und Silberstern jagten ausgelassen hintereinander her über die saftgrüne Koppel, sprangen aneinander hoch, beschnupperten und liebkosten sich unablässig und kraulten sich gegenseitig mit den Zähnen. Sie schnaubten, wieherten und brummelten freudig. Sie grasten eine Weile friedlich nebeneinander, danach galoppierten sie in einem Affenzahn über die Weide.

Es war eine Freude, ihnen zuzusehen. Carolin hockte auf ihrem Lieblingsplatz und beobachtete sie vom Gatter aus. Die drei Pferde boten einen herrlichen Anblick. Der schneeweiße Sternentänzer mit der mondhellen Mähne, die rabenschwarze Cinderella und der pechschwarze Silberstern. Carolin sprang vom Gatter, zupfte einen Grashalm ab und steckte ihn in den Mund.

Unglaublich, wie ähnlich sich Sternentänzer und Silberstern sahen: Sie waren fast gleich groß, sogar ihre

Bewegungen ähnelten sich. Und jeder hatte einen kleinen Keilstern auf der Stirn. *Ob sie sich auch sonst ähnlich sind? Ob Silberstern Sternentänzers Gabe geerbt hat? Bisher war Silberstern zu klein gewesen, um das herausfinden zu können. Ob Silberstern nun alt genug ist, um es feststellen zu können?*, überlegte Carolin und wurde noch kribbeliger, als sie ohnehin schon war. Sie spuckte den Grashalm aus. Sie musste es herausfinden. Bald. Aber jetzt freute sie sich erst einmal auf eine wunderbare Zeit mit den drei schönsten Pferden der Welt ...